ANNE DE KINKELIN

LA SOURDE OREILLE

ROMAN

HarperCollins
TRAVERSÉE

HARPERCOLLINS FRANCE
83-85, boulevard Vincent-Auriol, 75646 PARIS CEDEX 13
Tél. : 01 42 16 63 63

www.harpercollins.fr

ISBN 979-1-0339-0888-3

« Le clou qui dépasse appelle le coup de marteau. »

PROVERBE JAPONAIS

La sole

Poisson marin plat couché sur le flanc gauche,
dans toutes les mers, sur fonds sableux peu profonds.

J'ai la tête baissée. Je ne vois que ses pieds qui vont et viennent. Ballet solitaire avec moi au milieu. C'est l'heure du bruit des assiettes qui s'entrechoquent. J'entends qu'on s'active du côté de la plonge. Cet endroit que j'évite et où les deux hommes qui y officient refusent de m'appeler par mon prénom. Ils préfèrent « la fille ». La porte claque au rythme des allers-retours du maître d'hôtel. J'imagine les pas, la chorégraphie mille fois répétée par la brigade. Chaque geste, chaque déplacement codifié selon les principes d'Auguste Escoffier. De la grande salle montent les rires et les murmures élégants.

À fixer encore le sol, je ne prends pas garde à sa main droite qui saisit mon cou pendant que la gauche empoigne ma queue-de-cheval.

— Regardez, messieurs, c'est comme ça qu'on dirige une femme.

Silence complice, silence coupable, un long blanc. Il pèse de tout son poids sur moi et me plaque contre le plan de travail. Face à face. Son souffle haletant dans mon cou. Sa langue se glisse dans mon oreille avant ces mots :

— Je pensais qu'une collaboratrice, c'était plus docile, mais apparemment…

Je me débats. Il resserre son étreinte. Son torse écrase ma poitrine, sa langue continue son chemin sinueux dans mon cou. Il aurait un troisième bras que sa main s'égarerait sur mes fesses.

— Est-ce que tu te rends compte de ce que tu as fait, ce soir ? Est-ce que tu te rends compte que tu aurais pu tous nous mettre à la rue ?

Je préférerais qu'il hurle. Cette voix blanche ne lui ressemble pas. Les cris, les menaces, passe encore. C'est bien le problème. Ce qu'un chef déteste par-dessus tout, c'est quelqu'un qui n'a pas peur de lui. Cette soudaine maîtrise de lui-même trahit le pire. Il tire davantage sur mes cheveux, et la main dans mon cou remonte sur ma bouche. J'étouffe un cri. Lui fanfaronne.

— Voilà, on sait quel bruit elle fait quand elle jouit !

Pas de remous autour de moi. Juste des rires complices. Je n'arrive pas à compter les lâches. Est-ce qu'il va me violer devant toute l'équipe pour rappeler que c'est lui, le chef ? Il aime heureusement s'écouter parler.

— Je te l'ai dit le premier jour, Joséphine, tu travailles avec des hommes, c'est à toi de t'adapter. Mais ce que tu m'as fait ce soir, c'est… Quand je pense que je vais être obligé de te virer et que je n'aurai même pas couché avec toi.

Je n'anticipe pas la gifle. Mon corps encaisse le choc. Le crachat sur mon visage. Je suis à terre, les yeux grands ouverts.

— Voilà, c'est ça, la vie de chef. Que je ne te revoie plus ici.

Ses pas s'éloignent, la porte à battants claque de nouveau. Il est allé saluer le convive prestigieux, ses invités et le gratin parisien. Attachés de presse, critiques gastronomiques, very important people qu'on aura oubliées demain. Il remercie, il cabotine, et moi je gis sur le sol. Morve et larmes se mélangent. Quelque chose de chaud coule entre mes cuisses. Lève-toi, Joséphine. Mes mains s'agitent d'un tic nerveux. Métronome inconscient qui anticipe déjà son retour. Je distingue mon poste de travail impeccablement rangé. La tranche en inox brille comme un miroir inversé. Et puis mes couteaux. De gauche à droite : Déba, Yanagiba et Santoku. Est-ce que ça leur importe que je sois une femme en cuisine ? Ils sont l'extension de mon bras, ils obéissent à mes désirs. Je leur parle avec amour, toujours du bout des lèvres. Avec eux, je ne suis jamais seule. Avec eux, je suis une femme-couteau, à l'image des statues de Louise Bourgeois. Je m'y connais en cuisine, je balbutie en art. Pour oublier ma culotte souillée, je cherche à comprendre cette phrase de l'artiste : « Pourquoi les femmes deviennent-elles des femmes-couteaux ? Elles ne le sont pas dès la naissance. Elles le deviennent par la peur. » M'ouvrir les veines avec Déba poignet droit, Yanagiba poignet gauche et pour finir Santoku dans le cœur. C'est le chef qui ferait une drôle de tête…

Je ne veux pas crever sur le carrelage de cette cuisine. Lève-toi, Joséphine. Tu ressembles à une sole. Poisson plat marin couché sur le flanc gauche. J'avais souvent eu droit à ce surnom, « la Sole », rapport à mes seins discrets mais présents.

Les jours où l'équipe était en forme, tout y passait – mon corps, ma coiffure et même ma peau. L'ablation aurait-elle changé quelque chose ? Trop féminine malgré tout.

Je m'appelle Joséphine Ikeda. Joséphine parce que je suis née en France. Ikeda, pour mes parents japonais. Je suis cheffe de partie poisson. J'officie depuis deux ans au sein d'un étoilé. J'ai choisi ce métier. Les arêtes, les boyaux, la découpe, le sang, les blessures. Je suis celle dont les mains sont collées d'écailles, d'algues, avec parfois un peu de vase sous les ongles. Je suis la seule femme de la brigade. Curiosité pour certains, aberration pour d'autres. Les derniers me considèrent comme l'opportunité d'un coup pratique à consommer sur place. Dans la chambre froide, le laboratoire ou ailleurs.

Je n'ignore rien de la violence en cuisine. Je vis avec. Je la tiens à distance. Jusqu'à aujourd'hui. Je pense encore, alors que je suis à terre, que le sexisme n'est pas un passage obligé. J'ai tout faux. Les exigences de la haute gastronomie autorisent des dérives, des abus, du harcèlement, sans que cela ne dérange personne. J'aurais peut-être dû céder la première fois, mettre mon cerveau en pause le jour de mon arrivée dans cette cuisine ? Le message du chef avait été clair, j'étais bien la seule à être passée à côté.

— Tu es chinoise, tu es une femme, tu es belle, tu parles trois langues. Tu choisis de faire de la cuisine. Tu vas prendre deux fois plus cher que les autres… Tu ferais mieux de t'inscrire à Sciences Po.

Je n'avais pas relevé les multiples confusions dans mes origines. Née ici de parents d'ailleurs. De toute façon, à quoi bon préciser, il était déjà passé à autre chose.

Je m'appuie sur les avant-bras. Avance, Joséphine. Je traîne, laissant derrière moi son filet de salive. Au-dessus de moi, on m'enjambe, on m'ignore. Je suis consciente de ce que je vis. Une agression. Je connais les racines du problème. Un travail harassant, douze heures par jour, la chaleur. La pause de midi, toujours trop rapide. La pression du coup de feu. Alors, parfois, ça dérape. Je rampe. Mon esprit prend la tangente. Je ne me faisais pas d'illusions sur ce métier. Je pensais juste pouvoir le faire évoluer. Je ne m'imaginais pas si rapidement broyée. À partir du moment où tu es en cuisine, tu choisis, tu subis, tu fermes ta gueule et tu acceptes. Les hommes autour de moi ferment les yeux et m'ignorent. Ils sont le feu de ce système. Parler, c'est ne plus retrouver de place ailleurs. Parler, c'est se condamner.

Mes mains butent contre un casier. Dedans, une daurade d'eau douce me fait de l'œil. Ça n'est pas une hallucination de mon cerveau atrophié. Je l'ai oubliée. Elle barbote. Elle me jette un regard torve. Ce soir, je devais la servir en sashimi avec une sauce citronnelle et citron. Pas n'importe lesquels. Ceux de chez Perrine et Étienne Schaller. Des ingénieurs agronomes poètes à la tête des Agrumes Bachès. Les premiers en Europe à avoir planté et commercialisé le yuzu, le citron caviar et la main de Bouddha… L'Asie en bouche au service d'un poisson d'eau douce. Un clin d'œil aux funazushis de ma grand-mère. Elle préparait son poisson de manière simple dans du riz fermenté. Je suis allergique au gluten et à l'amidon. « Une grain de riz qui est allergique au riz ! » était la plaisanterie favorite du sous-chef.

La daurade me regarde encore. Sait-elle qu'elle a échappé à une mort royale ? Un ikéjimé. Une manière noble d'achever l'animal sans le faire souffrir en détruisant d'un coup sa moelle épinière. L'idéal pour permettre aux muscles de ne pas se contracter et aux filets de mieux conserver leurs qualités.

Exactement ce que vient de me faire le chef. Planter mon cerveau, mon œil et tenter de couper toutes mes connexions nerveuses. C'est pour ça que je suis encore à terre. Incapable de me lever. Sciée. Mon esprit se repasse la soirée en accéléré. Parce que j'ai peur et que je suis incapable de partir. Parce que la trouille verrouille mes membres alors qu'il est urgent de fuir. Pourquoi ça ? Pourquoi moi ?

Ce soir, j'ai servi le meilleur des repas à Jiro Ono, maître sushi internationalement reconnu, présent à Paris. Un dîner en huit plats plus raffinés les uns que les autres où moi, l'invisible en charge du poisson, j'avais enfin l'occasion de m'illustrer. J'ai revisité ses classiques. Son menu Omakazé (« Laissez-moi faire » en japonais), vingt pièces, vingt saveurs uniques.

Sole, seiche, déclinaison de thon, anguille, oursin, Saint-Jacques et daurade d'eau douce. J'ai gardé la sauce nikiri et le traditionnel wasabi, mais remplacé le riz par une base de légumes de saison. Je n'ai bien sûr pas été autorisée à me rendre en salle ou bien à saluer l'illustre convive. C'est donc au retour des assiettes, parfaitement vidées, que j'ai mesuré mon succès. Pour une fois, je me surprends à aimer le vide. Et à être fière, ce qui m'arrive rarement. Toute à ma contemplation, je n'ai pas vu entrer le représentant de l'ambassade. Un être sans âge, rigide dans son costume, qui a souhaité parler au chef.

— C'est moi.

— Pardon, je parle du vrai chef.

J'ai insisté dans un sourire et lui ai présenté les restes des poissons comme mes couteaux encore ensanglantés.

Il s'est alors décomposé. J'ai mis ça sur la vision des restes. Il n'en est rien. Blême, il m'explique alors dans un français parfait malgré l'affolement que cette soirée est une catastrophe.

— Vous n'êtes pas sans savoir qu'au Japon les femmes n'ont pas le droit de préparer des sushis, du fait de leur impureté…

Les gars autour de moi n'en perdent pas une miette.

— Pardon ?

— Vous êtes japonaise ?

— Je suis née ici, de parents japonais.

— Et ils ne vous ont pas enseigné ça ?

— Quoi ?

— Que les femmes ne préparent pas les sushis car elles ont les mains trop chaudes.

J'hésite à rire. Non, je ne suis pas au courant de cette bizarrerie. Je suis cheffe de partie poisson. Point. Mon rôle, c'est la technique de découpe, l'art de l'assaisonnement. La politique n'a pas de place dans mes assiettes.

— Personne ne doit savoir que c'est vous qui avez officié ce soir… Personne, vous m'entendez ?

Sur ces entrefaites, le chef est entré dans la cuisine.

La rage, la nausée montent et me font me lever. J'attrape mon matériel sans un regard pour ceux qui m'évitent.

En poussant la porte des vestiaires, je vérifie que je suis seule. Je crains une nouvelle altercation. Dans ce système, une main au cul ne choque personne, même si c'est interdit. Jusqu'ici j'ai tenu, maintenant que mes failles sont visibles, je suis officiellement une proie. La porte de mon casier a encore été forcée, tant mieux. J'attrape mon sac. Mon corps ne me soutient plus. J'entends des pas qui s'approchent. Je saisis un seau, y transvase ma daurade rescapée. Je garde les couteaux à proximité de mon cœur. L'envie de vomir est la plus forte, un flot de bile éclabousse le sol. Voilà ce qu'il reste de moi.

Je fais fi des insultes qui pleuvent et saluent ma sortie. Je titube quelques mètres. M'appuie contre la porte cochère. J'ai le bras lourd de ce seau qui m'encombre. Je suis hébétée. Dans la rue élégante, quelques passants me regardent avec méfiance. Je suis sale, je pue. Je hèle une voiture qui ne s'arrête pas. Le bruit derrière moi m'inquiète. Et si la brigade débarquait pour finir le travail ? C'est mon cœur qui bat si fort ? Place de la Concorde, j'avise un taxi de mauvaise facture. Le chauffeur me dévisage. Pour le faire taire, je lui tends le double du prix de la course. Il baisse les yeux. Je ferme les miens. L'air me fouette le visage. La fenêtre de la porte arrière droite est baissée.

À mes pieds, le poisson s'agite au rythme des pavés.

Je me pince. Pas de doute. Je n'ai pas rêvé les blagues salaces, les mains du chef autour de mon cou. J'ai le goût de la peur sur la peau. Mon regard affolé cherche un ancrage que je ne vais pas trouver sur le chemin. Est-ce que je dois déposer plainte ? Est-ce que je suis folle ? Est-ce que j'appelle ma mère ? Est-ce que la brigade entière m'a vue à terre ? Et comment cela va-t-il se passer demain ? Quand la voiture s'arrête en bas de mon immeuble, je pleure sans bruit les mains cramponnées à l'appuie-tête avant. Le chauffeur se racle la gorge et m'indique du menton la sortie. Il n'a pas de paroles réconfortantes. Il ne me propose pas son aide. Je le gêne dans ma désillusion. Il ouvre en grand toutes les fenêtres du véhicule. Je l'indispose. Je sors meurtrie des coups du chef, des rires de mes collègues et du silence de ce conducteur.

Ça n'est que le début. Demain, à mon réveil, je n'entendrai plus les hommes. Moi, Joséphine Ikeda, trente-cinq ans, cheffe de partie poisson, je vais me retrouver coupée des 90 % de ceux qui composent mon univers. Mais avant ça, il faut encore que je trouve un aquarium pour délivrer ce poisson d'eau douce que j'ai pris la décision de sauver. Absurde dans mon état, mais il ne me reste plus que ça.

La truite

Poisson voisin du saumon à chair fine et estimée et dont on distingue trois variétés en Europe.

4 heures du matin. Ma daurade barbote. Je m'allonge tout habillée le long de l'aquarium. Poisseuse d'humiliation. Mes yeux mi-clos suivent les ondulations de Bulle. Prénom sans conséquence pour un animal auquel on ne s'attache pas. Je l'ai pourtant sauvé du service du soir. Reste encore à savoir pourquoi. Quitte à faire battre mon cœur plus fort et à embrumer mon esprit, je rampe mollement jusqu'à mon lit. De sous le sommier je tire une boîte. À l'intérieur, des photos et un joint. Je ne sais pas les rouler. J'ai demandé de l'aide à mon dernier amant. Je l'ai quitté, j'ai gardé ce souvenir. Je fume rarement, seulement pour les grandes occasions. Un service parfait, une prime exceptionnelle… Je veux dormir et oublier. Mettre de la distance avec ma peur. Sombrer.

En attendant Morphée, mon esprit en alerte convoque des images. J'essaie de mettre de l'ordre dans mes cauchemars. Dans ce chemin dont je suis à l'instant persuadée qu'il était tracé pour aboutir à ça. Je n'ai pas le mot juste. Il reste bloqué dans le fond de ma gorge. Il pique comme une arête et je sais qu'il va se jouer de moi un bon moment.

Je ferme les yeux plus fort à la recherche d'un point de départ. Paimpol, là d'où je viens. Je suis une fille de l'eau battue par le vent des Côtes-d'Armor. Je grandis cernée par la fluidité d'un paysage entre terre et mer. Mangée par l'eau. La rivière du Quinic, le ruisseau de Boulgueff et le Poullou. L'élément liquide est partout. Le ruisseau de l'étang et celui du moulin de Danet. Le week-end, lors de la promenade familiale, je fais flotter des barques de papier que j'imagine atteindre la Manche. Elles ne sont pas assez solides pour se transformer en goélettes et partir vers l'Islande, comme à la grande époque de la pêche à la morue. Accroupie sur les berges, je veux pour elles des aventures extraordinaires. Je donne des ordres fermes à des moussaillons ectoplasmiques. Je suis le capitaine d'un équipage fantôme. Je suis le miroir de mon père, chef du restaurant La Truite établi sur le port. Un hommage simple à la production locale.

Une salle de trente couverts avec un grand bar où viennent s'installer les habitués. Une carte sommaire, trois entrées, trois plats, trois desserts. Revus toutes les saisons. En salle, mon père est un corsaire qui donne de la voix. Quand les clients entrent, ils le saluent fièrement d'un « bonjour, chef ! ». Il aime ça, l'autorité, la droiture, l'esprit de corps. Ma mère officie en cuisine. Elle revisite des recettes, mêlant le goût de la Bretagne et celui d'Iné, le village dont ils sont originaires. Comment ont-ils atterri là, à neuf mille huit cent quinze kilomètres de leur enfance ?

Je ne sais rien d'Iné ni du Japon. Petite, j'imagine un espace figé et oublié par le temps, suspendu à un rythme bien à lui. Un lieu mystique, se découvrant à l'œil du nomade qui souhaite vraiment être émerveillé. J'invente des nuits de pleine lune, la brume qui se lève. Des voyageurs surpris par une averse, et au loin, une lumière. Iné au bord du lac. Iné au bord de l'eau. Un coin habité par des obakés[1]. Ma mère dit souvent : « Au Japon, on grandit avec les spectres ; apaiser les morts, c'est même la grande question qui traverse tous nos arts. » La réalité est plus banale. Iné est juste un bourg de pêcheurs sur l'eau au nord de la préfecture de Kyoto.

Une bouffée, une photo, je farfouille dans cette mémoire concrète. Une image en noir et blanc, écornée par endroits. Mes parents, jeunes mariés pendant la fête d'Iné Matsuri[2]. Je me dis qu'il n'y a pas de hasard. Je suis faite pour aller vers l'eau. Y flotter, y nager, mais certainement pas m'y noyer. À moins que quelqu'un ne m'appuie très fort sur la tête.

De la mer du Japon à la Manche, il faut du courage. Ils n'en manquent pas. Une envie, peut-être, de retrouver ici la lumière et la quiétude de la baie de Wakasa ?

Je trouve aussi un cliché de ma grand-mère devant sa funaya. Au rez-de-chaussée, le hangar avec la silhouette du bateau. À l'étage supérieur, une pièce de vie qu'on devine modeste. Mon regard s'attarde sur son sourire flou. Je ne l'ai pas connue. Elle est morte là-bas, je suis née ici. Ma mère enceinte et elle correspondaient. Ne se demandant pas comment

1. Obakés : esprits métamorphes.

2. Fête d'Iné Matsuri : festival des gros poissons qui a lieu pendant deux jours à la fin du mois de juillet.

elles allaient, mais partageant et listant précieusement des recettes de cuisine. Leurs mots d'amour couleur wasabi. Je me redresse, cherche un appui contre mon lit. Mon corps frissonne. Je suis un long gargouillis. Boyaux qui se tordent. Sang qui bout. J'ai mal à la tête.

Petite, je suis toujours en état de manque. À la recherche de quelque chose pour combler un vide que je n'ai pas les mots pour caractériser. L'atmosphère de la cuisine m'apaise. J'y suis moi sans triche. Mes premières préparations sont des mixtures infâmes. Je suis mon cobaye. Je goûte, je crache, je recommence. J'apprends à émincer en me coupant toujours. J'essaie des mélanges d'épices. Je comprends rapidement qu'un plat peut s'étouffer si on ne respecte pas le goût brut du produit. Je teste, j'essaie, je rate. Brouillonne dans la vie, je me découvre précise en cuisine. La gourmandise ne m'intéresse pas. Ce que j'aime, c'est l'association d'idées.

Pour faire plaisir à ma mère, je m'inscris à l'université, filière histoire. Je donne le change. Le jour, je m'ennuie en cours. La nuit, je décrypte les kanjis en pattes de mouche de ma grand-mère. Je suis persuadée que mon bonheur est là, dans cette anthropologie familiale à base de nouilles. Il est question de cuisine, uniquement de cuisine. D'anguille fumée sauce mirin. Du dosage juste de saké de cuisson, sauce soja et sucre pour obtenir une sauce équilibrée. Rien de moins. Une juste dose de bonheur et rien de plus. Ça me paraît être le parcours idéal.

Je me lève, bringuebalante, à la recherche d'un verre d'eau. C'est le plafond qui tourne ? La cuisine me semble s'éloigner à chaque pas. J'attrape le premier verre propre sur le bar. J'ai mal aux poignets. Ma gorge est douloureuse. Est-ce que je vais avoir des marques au réveil ? Et où ai-je laissé mon joint ? J'effectue le chemin en sens inverse. Il est là, dans le cendrier. Brisée, mais pas encore bonne pour l'asile. J'ai envie de parler. Mais il est trop tôt, ou trop tard, c'est selon. Et puis à qui confier ce que je viens de vivre et dont je me demande encore si c'est bien réel ?

Pierre est le premier nom à surgir. Où est mon briquet ? Joignant le geste à la pensée, je regarde le cône rougir et s'embraser. Pierre, mon Pierre. Ma part manquante. Rencontré à l'école primaire et amoureux de la mer. Élevé par des parents fervents catholiques et amateurs de bonne chère. Chez lui, comme chez moi, la bouffe est sacrée. Enfants, nous nous invitons volontiers pour des goûters de compétition. L'amitié dure, transformant nos quatre-heures en dîners de grands. À Paimpol, on nous appelle « le petit couple ». On ne relève pas. On a faim de carottes des sables et d'oignons rouges. L'essentiel est là, au-dessus de la casserole qui nous attend.

On ne se quitte pas. Alors que je me perds dans des études sans saveur et mon envie de cuisine, Pierre sait où il va. On a vingt-cinq ans et, au-dessus d'une poêlée de coquillages relevée de coriandre, il partage un jour avec moi son idée folle : il veut monter un élevage de poissons en pleine mer et travailler pour les chefs locaux. Développer ce type d'exploitation encore rare en Bretagne. Je manque de m'étouffer avec un coquillage. Je voulais une preuve de mon errance, elle m'est servie sur un plateau. Je vois se dessiner sous mes yeux l'installation d'une barge dans la baie de Morlaix, la gestion d'une production durable et saine. La satisfaction de mettre en place un circuit court. Et la joie de conditionner le poisson et de l'élever sans le brusquer.

Alors que je repousse mon rêve, Pierre est en train de me parler de son avenir radieux. Je lui dois le courage d'arrêter l'université et de me planter devant mes parents un soir pour annoncer : « Je serai cheffe, point. »

Avec la fatigue, je ne sais plus très bien si j'ai ajouté ce « point » à voix haute. En cuisine, maman suit mes progrès. Papa ? Pas de commentaire. Jamais, juste une main qui vient saisir la mienne quand j'y vais un peu fort sur le curry pour préparer une soupe de nouilles udon. Je trépigne souvent devant mes échecs. J'accepte mon incapacité à préparer correctement des chakins au chirashizushi, une délicatesse aussi belle que savoureuse qu'on sert pour Hinamatsuri, la fête des poupées. Je me déclare officiellement nulle en pâtisserie. Mais j'ai le goût de faire. Et avec les notes de grand-mère je me sens invincible. J'ai fait un choix. Un choix de mets avant tout. Le poisson encore et toujours. De mer, de rivière, de roche. Je l'apprends à m'en saturer la chair.

Au restaurant, on ne parle pas. J'étudie dans le silence. Papa dans la lumière, maman pas très loin. Et moi, au milieu, je tente de calmer le ressac. J'ai une famille aimant d'un amour discret, parfois distant. Nous ne sommes pas démonstratifs. Quand, à l'issue d'un excellent service, papa vient partager sa joie avec maman en cuisine, il se contente de lui tapoter l'épaule. Je suis habituée à cette absence d'effusion.

Battement de paupières, j'entends la daurade clapoter doucement. J'espère qu'elle a assez d'eau. La dernière chose que je souhaite est de la retrouver avec le ventre en l'air. Mon esprit tente de garder le fil. Mon pouls cogne dans mon crâne.

Ma tête amorce une diversion. Le sommeil me boude mais c'est peut-être mieux ainsi. Garder le fil, c'est commencer à essayer de comprendre. J'allume une cigarette. 5 heures. Appeler pour lui dire quoi ? Que je l'admire mais que je ne l'aime pas ? Mais que j'ai envie de ses bras ?

La ville est silencieuse. Et moi, je suis dans le coton. La fumette fait enfin son effet. Je me déshabille, laissant au sol mes vêtements enchevêtrés avec les photos. La douche sera pour plus tard. J'ai froid, et il reste de quoi tirer deux taffes. Calée sur les oreillers, je revois mon départ pour la capitale. Les parents cèdent, je pars.

Quelques jours avant, je prépare un souper. Paris et l'école de cuisine m'attendent. Maman est pour une fois assise à table. Elle semble perdue, cherchant quoi faire de ses fines mains. Papa trône en face d'elle. Il garde sa toque et marque son territoire. J'ai confiance en ma proposition. Un filet de truite mariné à l'aneth, cuit sur des pierres chaudes ramassées dans le Quinic. En accompagnement, un mélange haricots plats, tofu, largement citronné. Du vert, de l'acide et la douceur de la chair du poisson. Je dresse les assiettes, les dépose devant eux et j'attends. Papa s'empare du couteau, inspecte la découpe. Du bout de la fourchette, il pique dans un légume avant d'avaler son plat en silence. Maman me regarde et me glisse un clin d'œil.

— Pas mal, lâche mon père avant de rapporter son assiette en cuisine.

Le lendemain, je suis dans le train. Dans mon sac, les recettes de grand-mère, des cahiers, des idées griffonnées à la hâte. Et un petit paquet rouge. Je le déballe à l'arrivée, entre mes quatre murs symboles d'indépendance. De l'argent et un mot, comme un avertissement : *Le clou qui dépasse appelle le coup de marteau.*

Je garde le liquide et jette la carte paternelle.

Les premiers échanges avec mes camarades de classe dans cette grande école de cuisine me vaccinent contre toute innocence. Les filles ne manquent pas à l'appel. Le corps enseignant, presque exclusivement masculin, nous toise déjà de haut. Je comprends à demi-mot que notre présence n'est pas la bienvenue. Rapidement, je découvre les listes de stages où il est écrit en rouge : *Pas de femmes*. Les toilettes bruissent de règles non dites que les aînées nous font partager, parfois avec un regard condescendant. Je dégringole moralement quand je croise, plusieurs fois par semaine, des filles en larmes entre deux cours. Lors d'une pause-café, je me surprends à écouter une conversation anodine, une quatrième année énonçant les options pour qu'une femme survive en cuisine. Être une machine de guerre et passer sa vie dans le conflit, pour gagner le respect. Être nulle et, du coup, ne pas être une menace pour le chef en place. Coucher avec le sous-chef ou le chef... Plus classique mais visiblement efficace.

J'intègre sans sourire et je me tais.

Dès lors, je suis une tombe. En cuisine, j'apprends les regards étranges, les mains baladeuses évitées de justesse. Les souffles trop près de mon cou. Je suis source de convoitise. Je ne renonce pas à arriver maquillée et me retranche derrière la première règle muette de cette bataille injuste : être une machine. Pendant les trois années de formation, j'oscille entre défiance et silence. En cuisine, je suis la bosseuse, l'acharnée sous sa carapace. J'ai faim plus que les autres. Première arrivée, dernière à partir. Ma capacité à tenir l'alcool comme à payer régulièrement des tournées sert mon intégration. Ils ne peuvent pas me détester complètement, puisque nous buvons ensemble : apprentis, commis, l'alcool nous lie, passant outre aux couches sociales. Cet équilibre instable me permet de demeurer insaisissable.

Quelle heure peut-il être ? 5 h 30… Je prends conscience qu'aujourd'hui, je ne me lève pas. La première fois depuis… depuis quand ? L'effort de mémoire est trop important pour entrevoir la date de mon dernier congé. La valeur d'une chose se mesure à la détresse qui nous gagne lorsqu'elle s'efface. Est-ce qu'on peut rater sa vie sur une soirée ?

Quand j'annonce à mes formateurs que je veux être cheffe de partie poisson « pour commencer », je lis un mépris sadique teinté de soulagement. L'un d'eux a le cran de m'avouer :

— Tu me rassures, Joséphine, j'ai cru que tu souhaitais être cheffe de partie viande.

Un truc d'hommes. Voilà, on en est encore là. Je ne parais pas dangereuse ou gênante parce que je vise un poste tolérable pour une femme, pas un poste sanglant. Pourtant, dans la brigade, je suis lourdement armée. Tous connaissent ma mélodie. Mon plan de travail au cordeau et mes couteaux. J'utilise Déba en premier. Un couteau lourd qui sert à découper la tête des poissons sans effort et dont la lame biseautée évite que le sang ne se déverse dans les filets. Yanagiba n'est jamais loin. Une lame en ciseaux brillante ne permettant aucune erreur. Avec ça je lève les filets avec un minimum de pertes. Et pour finir, Santoku, le tout-terrain, le polyvalent qui sert aussi aux légumes. Personne ne m'interrompt quand je travaille. Ils n'osent pas. Les remarques viennent dans la foulée. L'excitation aussi. Je les trouble par mon utilisation des lames. Qu'une femme s'intéresse à la coutellerie étonne. Encore un secteur réservé aux hommes.

Je me lève en sursaut. Où sont mes couteaux ? Est-ce que je les ai emportés avec moi ? Tout se mélange, jusqu'à ce que mon regard heurte ma sacoche. Je suis toujours armée. Visiblement pas assez pour ce trois-étoiles.

Le jour où la proposition arrive, je me sens à ma place. Un étoilé me veut. Enfin, un trois-étoiles veut un chef de partie poisson capable de résister à l'exigence et à la cadence du lieu.

Devant la directrice des ressources humaines, j'avance prudemment. Elle est volubile. Heureuse de ce rendez-vous.

— Vous savez, j'ai du mal à recruter des femmes. Elles sont rares sur le marché, et encore plus à postuler dans des établissements comme le nôtre.

« Sans blague », je pense, mais l'ironie reste suspendue à mes lèvres. Je me contente d'avaler ma salive.

Pendant deux ans, je me lève à l'aube, compte mes congés sur les doigts des deux mains. J'aime le silence matinal dans la cuisine, les bruissements à l'arrivée des premiers clients. Les quelques rares moments de complicité avec l'équipe.

Et puis les assiettes vides qui me reviennent service après service. Tous les ans, je demande une promotion, la possibilité de me former. Tous les ans, on me demande d'être patiente, d'attendre encore. J'espère une opportunité. Elle arrive donc en ce jour d'octobre, sans crier gare, comme on tombe amoureux.

Ce matin-là, je termine de faire mon chignon et de me changer dans les toilettes. C'est ça ou les vestiaires collectifs. En cuisine, le chef regroupe l'équipe en s'époumonant.

— Tout le monde est là ? Bien, Ikeda, t'es là aussi ? Nous recevons ce soir Jiro Ono. C'est clair pour tout le monde ? Je veux un service parfait, absolu. Ikeda, t'as intérêt à te surpasser.

Jiro Ono… Autour de moi planent les interrogations.

— Jiro qui ?

Le réveil affiche 6 heures. Je me retourne encore une fois dans le lit. J'ai des frissons et le bourdonnement s'intensifie. À tâtons, je termine mon verre d'eau et inspecte Bulle vaguement. J'adresse un ultime message à Simone et Olympe. Une dernière taffe enflamme mes poumons. Et je tombe.

La tanche

Poisson d'Europe et d'Asie à peau visqueuse,
à la chair estimée qui vit dans les eaux douces
à fonds vaseux.

8 h 30. Ma première grasse matinée. Ce matin, rien ne presse. En branchant la radio, je ne perçois qu'un fond sonore ronronnant. Aucune information ne passe le stade du flou. J'essaie plusieurs stations généralistes. Europe 1, France Inter, France Info, RFI. J'en arrive à la conclusion que mon poste est bon pour la casse quand la voix de Léa Salamé tranche le vide de mon salon. Je la perçois, claire et précise, lancer un sujet. Puis, plus rien. Je tourne les aiguilles pour changer de fréquence. Le vide me répond. Retour sur Inter. De nouveau cette voix qui semble rire à un bon mot. Prononcé par qui ? J'entends tour à tour des questions, une relance. Mais, entre, rien. Où est passé Nicolas Demorand ?

On ne se débarrasse pas d'un claquement de doigts du réveil avec les matinales. Ce grondement me connecte et m'engage dans des réflexions dont certaines ne verront jamais le jour. Ce torrent m'oblige à être attentive. La radio, c'est le voyage à pas cher. Certains apprennent le nom des capitales à coups de matchs de foot. Moi, j'imagine des recettes, l'oreille collée aux news. L'information me pousse à la découverte. Par temps de catastrophe, on a besoin de ces moments de vibration commune, de ces gestes de connivence pour signifier que ce qui nous relie est plus fort que ce qui nous isole. C'est ce que me procure la radio. Je crois qu'on découvre vraiment l'autre autour d'une assiette dans un pays plus ou moins lointain. Si j'étais cheffe, c'est ce que je ferais. Être un lien et provoquer les rencontres. Si j'étais… Je me retourne côté droit du lit. Je n'ai pas d'obligations. Est-ce que je peux vriller à cause de ça ?

Mon portable vibre. Pierre. Lui, au moins, je peux lui dire. Lui dire ma peine et ma souffrance. Lui dire que je tombe de mon piédestal, pourtant pas si haut perché. Que mon rêve vient de me claquer en pleine face. Que je suis vide et que j'ai mal. Ça et tant de choses encore.

Mon appel se perd dans le silence. « Allô, allô ? » je répète et me débats, mon écran m'indique que mon correspondant est pourtant bien en ligne. « Allô ? » Mon dernier appel est désespérant. Je n'entends pas Pierre, je n'entends pas Matthieu Belliard, pas plus que Frédéric Rivière. Je raccroche. Pierre me rappelle, je laisse sonner, je lui écrirai plus tard. Sur LCI, j'accroche la fin de phrase de Pascale de La Tour du Pin, mais Christophe Moulin reste inaudible. Dans son éditorial, Jean-Michel Aphatie semble très énervé, mais pourquoi ? Ça ne m'avait jamais réellement frappée, mais les voix féminines sont rares aussi dans les grandes tranches d'information.

La vérité se faufile jusqu'à mon cerveau : je n'entends plus les hommes.

Silence radio. J'ai envie de rallumer un joint. De m'embrumer et de m'éveiller plus tard en mettant ça sur le dos d'un mauvais rêve. Ça veut dire quoi, ne plus entendre les hommes ? Moins d'insultes ? Moins d'amour ? Un monde de moins ou un monde en mieux ? Ça fait beaucoup trop de questions. Je veux être ivre. Me dire que mon état est lié à la fatigue et à un trop-plein.

J'ouvre la fenêtre. C'est l'heure d'affluence chez Amar, qui tient la boutique de vêtements de seconde main pour homme située en face de chez moi. Amar a la voix qui porte et le verbe haut. Il revient des puces avec un arrivage prometteur. Devant la vitrine se pressent les habitués du style. Ça rit, ça essaie face au miroir posé à même le trottoir, dévoilant ici un torse, là un ventre. Pas de pudeur chez les élégants. Maintenant qu'ils sont muets, je les trouve plus désirables. Parce que mon œil passe de l'un à l'autre sans être détourné par les sons. Plus loin, c'est l'heure de l'école. Les voix se mélangent, toutes sur la même fréquence. Les garçons jouent au foot et mobilisent toute la cour. Les filles squattent les contours, cherchant leur place. Cette mise en perspective depuis mon balcon me renvoie ma propre situation : hors-jeu. J'ai trois appels en absence de Pierre. Qu'est-ce que je peux lui dire, à part : « J'ai été virée et je n'entends plus les hommes » ?

Bulle, la daurade d'eau douce, ondule sans m'adresser un regard. On est au-delà de l'indifférence. Ça ne me console pas. Je vais appeler mon généraliste. Mais comment prendre rendez-vous ? À moins que sa secrétaire ne soit déjà là ?

Nombreuses sonneries, répondeur, voix féminine. J'explique mon problème le plus simplement du monde.

— Bonjour, je voudrais un rendez-vous car depuis ce matin, je n'entends plus les hommes. Ça n'est pas une plaisanterie, demandez à votre secrétaire de me rappeler.

J'insiste avec une voix calme et raccroche. J'ai peur qu'il ne rappelle jamais. Je ne veux pas être prise pour une affabulatrice. Pourtant, dans ma tête, c'est un mauvais film qui se tourne. Je vais prier. Si Dieu est un homme, est-ce que je vais entendre s'il me répond ?

Cher Dieu, depuis vingt-quatre heures ma vie est un enfer. Alors, j'ignore si j'ai pu vous blesser ou vous offenser. Je n'ai jamais attendu beaucoup de vous. Mais vous parler me donne la sensation d'être écoutée. Enfin, au moins vous, vous ne me coupez pas la parole quand j'exprime une idée. Est-ce que vous punissez mon ambition ? C'était vous dans la main coupable du chef serrant mon cou ? C'était vous dans son crachat de mépris ? Dans sa violence voulant me laisser à terre ? Dieu ? Est-ce que je suis folle ? Dieu ? Est-ce que je suis malade ?

Dieu, si tu pouvais me répondre par SMS ça m'arrangerait, rapport à mon impossibilité d'entendre une voix masculine, aussi divine soit-elle.

Je ne crois pas en Dieu, enfin je ne crois pas y croire. C'est peut-être plus compliqué au fond. J'ai hérité de mes parents une certaine forme de philosophie taoïste. Cette idée merveilleuse qui incite sans cesse à s'adapter aux aléas de l'existence. Une sorte d'invitation à sortir de ma zone de confort et à accepter l'inattendu. Dans cette mise à l'arrêt forcée que l'on m'impose, je ne peux plus continuer à avoir les mêmes habitudes, les mêmes attentes, au risque de souffrir. J'entends déjà ma mère m'expliquer qu'au contraire, je dois admettre ma situation, et ainsi, faire diminuer mon angoisse. Que l'anxiété vient du refus d'accepter ce qui est. Pour cette analyse honnête, je mérite bien un message des cieux. Mais Dieu est aux abonnés absents. Je tente ma chance avec Seiobo, la Reine-mère de l'Ouest, réminiscence de ma foi japonaise rouillée.

Seiobo, je ne t'ai pas parlé depuis longtemps. Dans les faits, je parle rarement aux femmes, et encore moins aux déesses, parce que ça fait ressortir toute ma jalousie. Être moi ne m'a jamais suffi. J'ai toujours voulu plus. De la reconnaissance et de la lumière. Je suis obligée de me battre pour ça. Alors que toi, dans ton état divin, on t'admire et on te craint. J'échangerais bien ma peau contre la tienne. Explique-moi ce qu'il m'arrive ? Pourquoi, soudainement, je n'entends plus Pierre, Amar et les autres ? Pourquoi ai-je entendu les horreurs du chef ? Tu ne vas pas me laisser en plan, hein ? J'ai envie de mots doux, enveloppants, rassurants. Je veux les phrases à rallonge et Pierre qui parle sans respirer. Je veux entendre qu'on me trouve belle. Me couper des voix des hommes, c'est me faire perdre mon humanité. Je n'aime pas toujours ce qu'on me dit, mais je me sens vivante. Je veux qu'on loue mon don et ma cuisine. Parce que tu vois, Seiobo, je suis incomplète sans les mots des autres. Je ne crois en moi qu'à travers eux. Sur cette confession absurde, je ferme les yeux…

Ça tambourine à ma porte. Je me traîne échevelée et ouvre. Une veste militaire m'enlace, j'aperçois une bouteille de champagne. Olympe m'embrasse et m'étouffe. À ses côtés, Simone, journaux sous le bras, viennoiseries à la main et combinaison jaune citron.

— Surprise ! hurlent-elles en chœur.

Est-ce que j'ai oublié la date de mon anniversaire ?

— On vient fêter ton succès, m'annonce Olympe, hilare. Tu as des flûtes ?

Sans me laisser la peine de répondre, elle fonce dans la cuisine et ouvre les placards.

— Je ne sais pas comment tu fais pour être à ce point organisée. Une vraie Marie Kondo de la cuisine, annonce-t-elle, les verres à la main.

— Il est tôt pour trinquer, non ?

— Mais enfin, Joséphine, il est plus de 11 heures ! assène Simone.

Je la dévisage, paumée.

Simone et moi, ça a commencé par un énorme fou rire après une énorme trouille. À l'époque, elle est sous-cheffe dans le restaurant où j'officie. Moi, déjà cheffe de partie. Simone, c'est la classe, la gouaille et une brigade aux ordres. Une princesse peule. Une vraie. Issue de la population des Toucouleurs vivant en Afrique de l'Ouest. Un peuple ultra-hiérarchisé, régi par un système de castes. Simone appartient aux Sebbés, groupement de guerriers et de soldats. Une enfance bercée par le mythe fondateur des Toucouleurs, initiateurs du premier royaume peul au début du XIe siècle, le Tékrour. La petite Simone n'a pas froid aux yeux. La grande non plus. La cuisine, c'est son royaume. Elle en a bavé deux fois plus que les autres et trois fois plus que moi. Combien de fois lui indique-t-on la direction de la plonge au lieu de lui indiquer le bureau du sous-chef ?

Elle me raconte ça, un jour, entre une poubelle et une cigarette. Notre coup de foudre est immédiat. Elle aussi, arrivée maquillée en cuisine. Un détail qui cache une rébellion. Pendant six mois, je travaille avec bonheur et je cultive quelque chose de rare pour moi – une amitié solide.

Et puis, un soir, le chef, agacé par une sauce trop courte, entreprend de brûler la main du maître saucier. Simone intervient, encaisse le coup et la blessure. C'est le déclencheur. Simone devient guerrière. Elle claque la porte avec une idée bien précise en tête. Monter son affaire, choisir la cuisine et ceux avec qui la faire. Hors gueulantes et violences physiques. Neuf mois plus tard, le Tékrour reçoit sa première étoile, et Simone, la lumière qu'on lui a jusqu'alors refusée.

Le bouchon saute, ça les fait rire. Elles envahissent joyeusement l'espace et me tendent les journaux.

— Dîner incroyable ! Plats fabuleux ! Un chef de génie ! Si ça ne mérite pas des bulles dès le matin, je ne sais pas ce qu'il te faut.

Je comprends au ralenti en faisant des miettes avec mon croissant. Le fameux dîner est relayé dans la presse. Simone a même passé au Stabilo les phrases les plus élogieuses de l'article. Ça me fait encore plus mal.

— Bon, bien évidemment, tu n'es pas citée, mais tout le monde sait dans le métier qui se cache derrière ces réalisations.

C'est ta signature, meuf ! Tu vas crouler sous les propositions ! Tchin !

Les verres s'entrechoquent, le mien est à l'arrêt. Le croissant à mi-chemin de ma bouche. Le verre en suspens. Olympe boit cul sec et me regarde par-dessus son Veuve Clicquot millésimé.

— Joséphine, tu peux te réjouir un peu ? C'est merveilleux, ces articles.

Je dodeline de la tête. L'oreille aux aguets, je distingue une joie sincère. Je tente une grande respiration avant d'être coupée par Simone.

— Tiens, je ne vous ai pas raconté, devinez ce qu'on m'a dit hier soir ? « Elle a dû faire le tapin pour avoir son étoile. » Un client tout à fait bien élevé qui trouvait que la note n'était pas à son goût. Et vous savez ce que j'ai fait ?

Silence. Simone, toute à son histoire, nous regarde. Olympe scrute l'aquarium.

— Joséphine, tu apportes ton déjeuner à la maison ? Qu'est-ce que tu fous avec cette daurade ?

Simone l'interrompt. Elle croque dans une brioche, fâchée, avant de reprendre, la bouche pleine :

— C'est bien, ça vous passionne. Si vous vous en foutez, vous me le dites tout de suite, hein…

Ça sort en un souffle. Si je ne leur confie pas ce fardeau, je n'avance plus. Elles seules peuvent comprendre.

— J'ai été virée.

— Pardon ? relance Simone.

— J'ai été virée. Après le dîner.

Simone fronce les sourcils et tchipe. Ça n'est jamais bon signe quand ça intervient dans cet ordre-là.

Une coupe se brise, Olympe se lève et me soulève de terre. Je suis dans ses bras. Je lâche. Je suis lâche. Un grand rien. Olympe est sommelière. Il existe des oreilles absolues et des palais plus que parfaits. Olympe, à la manière d'un parfumeur, possède des papilles gustatives uniques. Toujours vêtue d'un costume noir, elle évolue telle une ombre dans les caves réputées du palace où j'officiais à l'époque. Elle éblouit le chef d'alors par des accords mets-vins plus qu'osés. Son chemin est tout tracé. Des prix, une carrière. Mais Olympe étant Olympe, elle en décide autrement. Polyamoureuse, Olympe enchaîne les histoires. Femmes, hommes, elle suit ses envies du moment. Elle met ses sentiments et la recherche du bonheur au-dessus de tout le reste. Si son cœur vibre, tout va bien. Si l'ennui y sonne, elle change de route. Sans heurt, ni fracas. Olympe est un paradoxe. Un physique bourgeois, une tête bien faite, un sautoir en perles vintage autour du cou. Et sur son corps, sa véritable histoire tatouée de la nuque jusqu'au bas du dos. Olympe, qui désamorce les complexités de la vie avec une franchise désarmante. Un jour, son ventre lui réclame un enfant. Une sommelière enceinte, ça n'existe pas. Neuf mois plus tard naît Ezra, « l'aide » en hébreu. Un enfant désiré, choyé au sein d'une famille unique où papa et maman s'aiment en vrai et pour toujours. Tout en aimant encore plus leurs amants. On remplace Olympe par une autre, une plus jeune, plus mince. Olympe négocie son départ, prend un joli chèque, assène au représentant des ressources humaines qu'elle en a assez de la haute gastronomie, un milieu fermé à toute différence ethnique, sociale et de genre. Et surtout, Olympe s'éprend de Christine, l'avocate du groupe. Ce jour-là, elles sont deux à claquer la porte. Ezra a des mamans amoureuses et heureuses. Olympe est désormais consultante et savoure sa liberté, le respect de son ancrage.

Olympe me regarde, elle me comprend. Je pleure dans ses bras. Je déborde par tous les pores. Simone enrage. Quand elle boit, elle a l'alcool créatif.

— On n'a peut-être pas trois étoiles parce qu'on nous en empêche, mais nous avons les moyens d'être inventives et de faire avancer la gastronomie, me dit-elle en me tendant un nouveau verre.

J'ai bu le précédent sans m'en rendre compte. Je fais des boules avec la mie du croissant. Je déguste du gluten. Je me rends malade. Chaque bouchée, je vais la regretter.

— Que s'est-il passé ? me demande Olympe.

Alors j'explique, le menu, la réflexion, les recettes, et mes mains de femme trop chaudes pour confectionner des sushis.

Simone explose un temps puis se pose. Simone, mon joli paradoxe qui détache chaque syllabe d'un ton professoral si éloigné d'elle.

— Je suis admirative de la capacité sans fin des traditions séculaires imposées par les hommes à nous éloigner de la cuisine…

Elle avale une nouvelle coupe et se fend d'un rot qui aurait pu être plus discret.

— C'est vrai, Jo. Regarde, quand les femmes font une cuisine traditionnelle et classique, on dit que c'est de la cuisine de maman. Quand les hommes le font, on applaudit parce qu'ils révisent le répertoire.

Simone épluche les articles et relève la tête.

— Quinze parutions, et ton nom n'est pas mentionné une seule fois. Par contre, lui est présent partout. Cité, photographié. Il récolte ton triomphe. C'est à vomir. Simone, ressers-moi un verre et passe-moi une autre brioche.

L'alcool pour oublier. Le sucre pour s'anesthésier. Il est presque midi et je vacille dans mon salon. Joyeusement pompette.

— J'ai la tête qui tourne.

— Ne te plains pas, Joséphine, c'est du bon. Et le champagne n'est responsable en rien de ton état. Qu'est-ce que tu vas faire ?

L'après, déjà ? J'en suis incapable. Je vis une sorte de mise à l'arrêt mentale. Je me confine dans ma tristesse. Dans la violence de la situation. Dans son absurdité la plus complète. J'aimerais pouvoir m'appuyer sur ma propension à la rêverie, penser à des choses agréables, trouver une espèce d'hypnose pour me soulager. Je n'ai pas tout dit aux filles. Les mots comme des coups. La peur. Ça viendra plus tard. Je saurai leur faire passer les choses.

Simone va pour enchaîner mais Olympe la coupe :

— Tu sais que si tu as besoin de nous, on est là, hein.

— J'ai un autre problème. Je ne sais pas si c'est corrélé avec mon renvoi mais, depuis ce matin, je n'entends plus les hommes.

Olympe et Simone me dévisagent. Olympe se lève, adresse un texto rapide et annonce :

— Je vais chercher une autre bouteille.

Il y a entre nous une vulnérabilité qui rapproche. Et quelques croissants émiettés.

L'ablette

Poisson d'eau douce comestible, à dos vert métallique et à ventre argenté, abondant dans les cours d'eau et les lacs européens.

Il est midi à la montre sans âge de Pierre. Depuis ce matin, il regarde et lui partage les articles nombreux sur son dîner. Un succès. Il n'arrive pas à la joindre et sourit. Elle doit être encore soûle de sa nuit blanche. Joséphine. Coriace en cuisine et jamais la dernière pour faire la fermeture des bars. Quitte à danser dessus pour faire monter l'ambiance. Quelle tête ferait ses parents s'ils savaient ? À trente ans et des poussières, elle ne fume toujours pas devant eux. Elle est tout ce que Pierre peut désirer. Et tout ce qu'il craint aussi. Ils ont souvent parlé de l'histoire qu'ils n'auraient jamais. Ils s'aiment trop pour ça. Ils se connaissent par cœur. Joséphine séduit donc des antithèses de Pierre. Pierre s'entiche des opposées de Joséphine. L'un et l'autre sont sûrs que ça ne marchera pas. Ils se préservent, de la possibilité de finir ensemble. C'est un de leur sujet de conversation autour d'un verre de sancerre.

Lui aussi, aujourd'hui, a quelque chose à fêter. Il vient d'investir dans un chalutier et de signer avec un nouveau chef breton à qui il réserve un arrivage de premier choix. Son rêve de travailler dans sa région et d'y réussir, il le touche enfin du doigt. Le même jour, les deux amis accèdent enfin à une reconnaissance méritée. Il faut célébrer ça. Elle n'aime pas les surprises, il va lui proposer un week-end. Son chef peut bien lui octroyer un jour, vu le succès de sa dernière performance. Ils iront pêcher, Pierre la fera embarquer pour visiter son élevage. Et ils iront camper sur l'île de Bréhat. Avec un peu de chance, Joséphine sera motivée pour préparer des poissons grillés. Pierre en salive d'avance.

Elle a dû y aller très fort hier soir. Quand elle boit, Joséphine bat plus des cils. Elle est belle. Et intelligente. Elle aurait pu avoir le bon goût de manquer de répartie. Même pas. Elle pourrait quand même répondre.

« Quelle emmerdeuse », pense-t-il.

Joséphine, quand elle pose ses couteaux, devient étrangement accessible. S'il veut la faire monter dans les tours, Pierre lui suggère de changer de voie.

— Jamais un homme n'osera t'aborder si tu ne baisses pas les armes. Tu ne veux pas faire de la pâtisserie, plutôt ?

Il adore ce jeu. Depuis l'école, la mettre en rogne est son sport préféré. Et malgré les années, Joséphine continue de foncer tête baissée.

— Mais qu'est-ce que tu crois ? Que la pâtisserie est reliée à la séduction ? Que donner du sucre, c'est donner de l'amour ? Sais-tu seulement ce que je suis capable de faire avec un batteur électrique ?

C'est le moment qu'il choisit pour lui attraper l'épaule et lui frictionner le crâne. Joséphine râle en général, se débat et finit par le courser et le rattraper jusqu'à ce que ce dernier demande grâce. Tout se termine autour d'une bouffe dont ils ont le secret. Il aime la regarder faire. Maîtriser les gestes comme les saveurs. Lui fournit la matière première, elle la transforme. C'est une relation équilibrée. C'est en général à ce moment que son esprit s'égare sur une Joséphine en train de lui préparer des chouquettes. Il se déteste d'être si primaire dans sa réflexion. La cuisine est un acte beaucoup plus barbare. C'est un lieu où l'on peut donner la mort : vider les poissons, les poulets, la viande. Les couper. Avoir du sang sur les mains. Plus excitant que des blancs d'œuf à monter en neige, non ?

Il envoie un autre message. Taquin, forcément. C'est plus facile que de lui dire qu'elle lui manque et qu'elle l'épate. Ça vibre dans sa poche. C'est elle.

Bonjour, mon Pierre, merci de tes messages. J'aimerais t'appeler mais je ne peux pas...

Pierre éclate de rire. Les points de suspension indiquent que Joséphine n'a pas terminé sa missive. Elle n'est peut-être pas seule ?

Il va pour répondre. Nouveau texto.

Pierre, j'ai été virée et je n'entends plus les hommes. Je ne sais pas s'il y a un lien de cause à effet, mais je suis terrifiée.

Le premier réflexe de Pierre est de l'appeler. En vain, ça sonne dans le vide. Elle ne plaisante pas. Joséphine virée, mais pourquoi ? Les articles parlent d'un succès, d'une réussite. Que s'est-il passé ? Ça l'agace d'être obligé d'écrire, il sait qu'il doit mettre les formes. Sans la voix, tout peut être si vite déformé.

Mais que s'est-il passé ? Est-ce que tu vas bien ? Est-ce que tu es avec du monde ?

En envoyant le message, Pierre se rend compte de l'absurdité de la question. Non, elle ne va pas bien. Comment peut-il être aussi con ?

Je vais, Olympe et Simone sont là. Dans les faits, je vais mieux. Tu les connais…

Pierre interrompt le nouveau message qu'il s'apprête à lui adresser. Simone et Olympe ? Une plaisanterie teintée d'alcool, voilà ce que c'est. Les Trois Grâces sont assez fortiches pour semer le trouble et le faire tourner en bourrique. Il les imagine écroulées de rire devant cette histoire folle : Joséphine virée et de surcroît sourde aux hommes. Il corrige son message.

Embrasse-les pour moi. Vous m'avez bien eu ! J'ai vraiment eu peur. Décidément, tu peux être con quand tu t'y mets.

Il ajoute un smiley au visage de diable pour compléter sa pensée. Quand elles sont toutes les trois, elles sont intenables. Pas une pour rattraper l'autre. De vraies gamines. C'est clair, maintenant qu'il y pense, elles se foutent de lui.

Réponse cinglante.

Pierre, c'est la vérité.

Pierre s'assied, analyse les informations. Il ne sait pas ce qui lui fait le plus peur. En fait, si : Joséphine ne peut plus l'entendre. Joséphine ne peut plus le comprendre. Et ça, ça l'angoisse plus que le reste. Pour le travail, il ne s'en fait pas. Elle est douée, elle rebondira. Il va pour le lui dire, pour le lui écrire. Un faible niveau de batterie l'arrête davantage que son bon sens. Il veut juste lui dire qu'il est là, qu'il pense à elle. Et qu'il peut monter à Paris, même si l'hypothèse de cette ville lui fait mal. C'est ça dont elle a besoin. Une épaule pour s'épancher, même si c'est en silence et en peu de mots. Le téléphone sonne. Pierre ne pige plus rien. Le prénom d'Olympe s'affiche. Il décroche prestement, espérant encore une plaisanterie stupide.

— Salut Olympe. J'essaie d'intégrer les informations. De me convaindre que dans cinq minutes tu ne vas pas me rappeler pour me dire que c'était une bonne blague. Dis-moi que c'est ça. Trop d'alcool et une envie de se moquer de moi.

Il l'entend se déplacer et changer de ton.

— Crois-moi, je préférerais, tout cela est encore flou.

— Elle n'entend plus les hommes ? Enfin, je veux dire, pour de vrai ?

— Ça peut sembler curieux mais c'est ce qu'elle nous explique…

Silence au bout de la ligne, Pierre prend ça pour une invitation. Olympe non plus n'est pas dupe.

— C'est irréel.

— Pierre, je sais que ça semble dingue. Je n'ai pas plus d'informations que toi.

— Elle a été virée ?

— Oui.

— Tu as vérifié ? Parce que ça me semble…

— Délirant ? Oui, je sais. Moi aussi j'ai pensé à une mauvaise plaisanterie. Tu devrais la voir… J'ai envoyé quelques messages de mon côté. Elle a été dégagée le soir même du dîner. Et je pressens autre chose.

— Autre chose ? Olympe, tu peux être un peu plus claire ?

— Je connais Joséphine. Elle devrait être en colère d'avoir été sortie de la sorte. Là, elle est prostrée, sonnée.

— Olympe, à quoi tu penses ?

— À rien. Pour le moment

— Ses parents sont au courant ?

Soupir d'Olympe.

— À ton avis ? Pour le moment c'est le cadet de ses soucis.

— Je m'en occupe. Tiens-moi au courant.

La fête tombe à l'eau. Leur joie commune d'avancer en parallèle. Pierre ouvre la fenêtre en grand, le regard vers l'horizon. Pluie fine et odeur d'herbe sèche. Il ferme les yeux, respire un grand coup et imagine. Comment réagirait-il si, un matin, il n'entendait plus les femmes ? Il a passé l'âge de ne plus vouloir entendre sa mère ; quant à sa compagne du moment, elle semble heureuse de leur situation. Sur les bateaux, il n'y a que deux femmes pêcheurs qu'il a formées et recrutées. Les autres échanges se font exclusivement entre hommes. Pierre ouvre les yeux. Le constat est simple. Ne plus entendre les femmes revient à ne plus accéder, de manière quotidienne et régulière, à quatre voix. C'est un peu court. Cinq, si on ajoute Joséphine. Est-ce que c'est trop juste pour créer un manque ? Il sait que dans la brigade Joséphine est la seule femme. Ne plus entendre l'équipe, c'est être mise à part d'office. Elle l'est déjà beaucoup. Il sait que malgré les verres elle est souvent seule. Et qu'elle fait avec. Cette surdité étrange est une vacherie. Est-ce que c'est pour ça que son chef l'a renvoyée ? Ça semble logique. Ignoble, mais logique.

Il doit en parler aux Ikeda. Discret, le couple ne revendique pas le succès de leur fille. Quelques articles sont quand même affichés dans un coin du restaurant. Le patron, ici, c'est avant tout le père. Qui lui a appris les bases pour s'en sortir, comme il aime si souvent le rappeler. Ça ne va pas plus loin. M. Ikeda n'est pas bavard. Sa cuisine parle pour lui. Un talent de père en fille.

Il farfouille dans ses poches à la recherche de ses clés de voiture. Habiter dans une ville où tout le monde se connaît, c'est plaisant, sauf quand on a de mauvaises nouvelles à partager. Il est un autochtone qui réussit et donne du travail. Ça attire quelques jalousies gérables. Pour Joséphine, c'est autre chose. Elle est celle qui travaille à Paris et qui ne vient pas assez voir ses parents. L'équation à inconnues multiples. « Et en plus, elle n'a pas encore d'enfant. » Les gens ont toujours quelque chose à reprocher. Joséphine se fait discrète à chaque fois qu'elle revient. Restant dans la maison familiale, n'apparaissant pas au restaurant. Cuisinant pour eux lors du souper. Passant le reste du temps avec Pierre ou à se perdre dans la nature.

Pierre imagine déjà la scène, les gens bien intentionnés, déboulant au restaurant pour annoncer la nouvelle.

Il reste un non-dit. Le sous-texte d'Olympe fait du chemin dans sa tête. A-t-elle été brutalisée ? Ça le démange au niveau du poing gauche. C'est rarement bon signe. Il ne peut pas lui demander. Pierre n'est pas naïf, il sait que rien n'est simple en cuisine. Il se dit souvent que si le client final était au courant des silences assourdissants dans les brigades, ça ferait certainement changer les choses. Le principe de la traçabilité des produits appliqué à l'homme. Ça marche pour ses truites, ça devrait bien marcher pour le reste. Il prend une grande inspiration. Il ne veut pas imaginer des coups, des bleus sur sa peau. Il ne veut pas imaginer de blessures pires. Il faut qu'il lui en parle mais, encore une fois, trouver le bon moment.

Pierre sait qu'ils ne vont pas se parler aujourd'hui, pas plus que demain. Il a l'impression que quelqu'un taillade leur amitié avec un couteau trop affûté. Au fond, la pâtisserie, ça aurait peut-être été moins douloureux.

La perche

Poisson des lacs et des cours d'eau de l'hémisphère Nord, à deux nageoires dorsales épineuses, vorace, à chair estimée.

— Je n'entends ni les présentateurs radio ni les journalistes télé. La voix d'Amar n'arrive plus à mes oreilles. Sans jeu de mots, c'est silence radio.

Olympe a encore le téléphone à la main. Je veux savoir ce qu'a dit Pierre, en vain. Pourquoi est-elle blême ? Simone me fait répéter plusieurs fois la nouvelle. J'ignore si ça l'amuse ou si ça l'inquiète. Olympe fait les cent pas dans le salon. Simone est sur son téléphone à la recherche de je ne sais quelle information pour m'apporter une solution. Je me dis que ces deux femmes pourraient faire tourner le monde si on leur en laissait l'occasion.

Simone quitte le canapé et me prend dans ses bras avec tendresse. C'est tellement rare que ce lâcher-prise m'alerte.

— C'est une chance incroyable qui t'est offerte ! Tu te rends compte, Joséphine, tu vas pouvoir faire ton chemin sans entendre le jugement des hommes.

Est-ce l'effet de la deuxième bouteille presque terminée ? Je saisis mal l'à-propos. Pour le moment, j'ai plutôt l'impression d'être amputée de la moitié de l'univers.

— Je suis virée et je n'entends plus les hommes, je ne vois pas ce qu'il y a de réjouissant dans l'histoire.

— Tu prends les faits dans le mauvais sens, tu vas enfin pouvoir être libre d'être toi. Libre de créer, d'inventer, d'avancer.

— La cuisine est un univers à 90 % masculin, je fais comment pour travailler si je n'entends pas les ordres du chef ?

Olympe vient s'asseoir à côté de moi et me prend les épaules.

— Joséphine, tu en es encore là ? À recevoir des ordres des autres ? Tu ne crois pas qu'il est temps de les donner, ces ordres ? Regarde-nous, on incarne à nous trois une partie de ce que la gastronomie ne veut pas voir en cuisine. Une bisexuelle, une Noire, une Asiatique. Y a-t-il pire vision pour ce milieu ?

Il y a trop de vrai pour baisser les yeux. Simone, Olympe et moi avons choisi un univers où le chef demeure un homme, blanc, rondouillard, à l'image du Père Dodu.

Simone tend la main vers la bouteille d'eau que je n'ai pas vue apparaître sur la table basse. Elle hésite. La pose, saisit le champagne et propose un toast.

— À toi, Joséphine, qui vas enfin avoir l'opportunité de révéler ton talent sans avoir besoin d'une quelconque approbation.

Nos verres s'entrechoquent. L'alcool me rend lucide.

— Selon toi, c'est une opportunité ?

— Mais bien sûr ! Tu vas être à ton écoute et cesser d'attendre qu'on te dise si ce que tu fais est bien ou pas. Même si tu as toujours été davantage dans la satisfaction de voir l'assiette revenir vide qu'à réclamer un quelconque compliment. Tu vas pouvoir créer pour toi. Tu vas passer outre à la jalousie de ceux qui se trouvent mieux que toi, parce que dotés d'une paire de couilles.

Ne plus attendre de félicitations. Ne plus craindre une parole salace. Dit comme cela, ma situation me donne presque le sourire. Même si l'idée de ne créer qu'entres femmes ne me plaît qu'à moitié. Dans mon inconscient, la cuisine est un lieu de partage et de justesse. De justice aussi. Dans mon inconscient uniquement. La confiance ne va pas de soi. C'est le moment de m'avouer que je n'assume pas complètement derrière mes grands airs. Que tous les jours, j'ai eu l'impression de m'excuser de quelque chose. La sensation d'avoir volé quelqu'un. Je n'ai, bien sûr, jamais rien confessé. Rapport à ma foi complexe. Je suis une récidiviste du rêve organisé. C'est peut-être l'occasion de m'aligner.

Simone me sort de mes pensées.

— Tu en as assez bavé avec des chefs caractériels. Et moi aussi. Quand j'ai claqué la porte, on m'a menacée de tout et du pire. Que personne ne me ferait plus jamais confiance. Que j'allais galérer encore plus. Alors oui, rien n'a été simple. Mais grâce à vous deux, je n'ai jamais été seule. Et tu vois, aujourd'hui, je suis étoilée, alors que je ne demandais rien. C'est ma liberté qui m'a permis d'aller vers ce succès. Et le fait d'être restée fidèle à moi-même avant tout.

Olympe interrompt cette envolée shakespearienne et nous tend son téléphone.

— Simone a raison, si j'en crois les informations de Radio Fourneaux, ton dîner a été un tel succès que la brigade au complet va recevoir une prime. J'imagine que personne n'a pris soin de t'informer ?

La nouvelle tombe au creux de mon estomac. Non, bien sûr, personne ne m'a rien annoncé. Et encore moins remerciée.

Ça tchipe de nouveau à ma droite. Simone a terminé son verre. Le regard de ma princesse peule frise un peu. C'est toujours comme ça quand elle est en colère.

— Tu veux quoi de plus, Joséphine ? Tu vois bien qu'ils se moquent de toi. C'est ça que tu veux retrouver encore et encore ? Encore une brigade ? Encore du mépris et des agressions ?

Le terme cru me fait sursauter.

— Agression ?

Elle s'approche de moi sans douceur et me conduit vers le miroir.

— La marque dans ton cou, elle n'est pas venue là seule. Ce salaud t'a frappée. Et toi, tu es encore à espérer qu'on te rappelle ?

Olympe sort de ma salle de bains, une crème à la main. Elle masse doucement ma gorge bleuie. Je n'ai rien vu. Peut-être que de leur avoir dit les choses a fait sortir l'hématome ? La douleur est profonde. Je pleure. Je suis une madeleine. Je déteste la pâtisserie. Olympe continue d'alterner massage, réconfort et lucidité.

— Joséphine, certaines cheffes partent du principe qu'elles sont là grâce aux hommes. Elles ne peuvent pas critiquer ce comportement parce que ce serait critiquer ceux qui les ont faites. Pire que ces hommes-là, il y a ces femmes qui refusent de parler.

Je sanglote encore, je me vide. Ça remplace les mots que je n'ai pas. Bien sûr qu'elles ont raison. Bien sûr que j'ai tort. Je m'en veux de ne pas être capable de le dire. Même pas capable de remercier. Capable de rien. Je suis une incapable.

Olympe m'installe sur le canapé et s'assied en face de moi. Simone la rejoint. Elles me regardent, échangent un regard. Elles échafaudent un plan. Et moi, j'attends, tétanisée par la situation.

Simone avise le cendrier. C'est l'heure du déjeuner, je suis ivre de tristesse et soûle tout court. Bravo, Joséphine. Mon amie aspire une longue bouffée et tente de recracher la fumée en réalisant des ronds plus ou moins réguliers.

— Le travail en cuisine ne doit pas être pénible. J'ai connu des brigades où on ne pouvait pas rire, pas parler. J'ai vu des gens vomir de stress. Et pas qu'une fois, tous les matins. Hommes ou femmes, tout le monde était logé à la même enseigne. Tu as l'opportunité d'inventer un nouveau modèle de cuisine, un gang de filles des fourneaux. Ne te pose pas la question, fonce.

Son regard sur moi est doux. Elle voit des choses que j'ignore. Je me suis toujours demandé si elle n'avait pas quelque pouvoir de sorcellerie. À moins que sa confiance et ses racines guerrières ne lui permettent de tout oser. On se plaint dans la restauration de ne pas pouvoir garder les gens. Mais on leur propose un modèle de management sans valeur ajoutée. On est dans la contrainte du poids et de la norme. Simone a raison, je dois rebondir, et vite. Je regarde Olympe, j'ai besoin de son retour.

— Et toi, qu'en penses-tu ?

— Si j'avais perdu l'audition comme toi, je me serais sentie isolée et coupée du reste de l'équipe. J'aurais trouvé une astuce, inventé un abcès ou une otite pour me faire écrire les instructions. Mais j'aurais tenu mon poste et fait comme si de rien n'était.

Je ricane.

— Si j'avais encore un boulot, c'est exactement ce que j'aurais fait.

Ça tempère d'un coup ma belle énergie. Simone se cabre.

— Vas-y, Olympe, sape-lui encore plus le moral. Nous savons toutes qu'en cuisine, pour être acceptées, il ne faut jamais montrer ses failles. Quand tu te coupes, tu te tais. Saigner, c'est revendiquer une certaine forme de non-vulnérabilité. Si une femme s'arrête dans ces conditions, on la considère comme quelqu'un de peu fiable.

— Passe-moi une cigarette…

Olympe tire plusieurs petites bouffées, elle structure sa pensée. De mon côté, je ne peux pas penser. Je n'y arrive pas.

— Vous me connaissez, travailler uniquement avec des femmes, j'en suis incapable. Je tiens à cet équilibre primaire. N'entendre que les femmes, ça ne veut pas dire n'entendre que des jolies choses…

Sur sa chaise, Simone s'étouffe.

— Tu ne peux pas dire ça, travailler entre meufs, ça a un côté puissant et différent.

Dans la tête de Simone, Beyoncé et les Destiny's Child font mijoter un poulet sauce coco en stilettos. Elles sont fières de leur cuisine, de qui elles sont. Fières de gagner du fric. Elles recadrent les clients insatisfaits. Et elles obtiennent une ou plusieurs étoiles parce qu'elles le valent bien. Je suis encore loin de ce niveau de féminité.

— Simone chérie, ne te mets pas en rage, j'ai toujours dit que je ne croyais pas en la sororité. Cette pseudo-solidarité entre femmes pour leur permettre de surmonter une rivalité… C'est le meilleur mensonge que les hommes aient réussi à nous faire gober. Et nous sommes tombées dedans la tête la première. Vous avez déjà eu une expérience réjouissante avec une femme ? Et, pour une fois, je ne parle pas de cul…

Nous éclatons de rire. Je dois sortir de l'état de sidération dans lequel je me trouve. Je sèche mon visage d'un revers de main et enchaîne :

— Il y a eu cette cheffe dans le 7e arrondissement. Louise. Elle était cogérante du restaurant. Mais c'est le nom de son associé qu'on lisait en gros sur la devanture. J'ai plus appris avec elle en trois mois qu'avec n'importe qui. C'est elle qui faisait tourner la baraque. C'est elle qui bossait non-stop pour qu'on puisse avoir un jour de congé. C'est la seule fois où j'ai eu l'impression d'être managée avec exigence et intelligence.

— Je la connais, dit simplement Olympe.

Ce qui nous fait partir de nouveau dans un fou rire.

— Vous avez l'esprit mal tourné. J'ai travaillé avec elle. Une femme qui arrive à son stade est deux fois meilleure qu'un homme. Mais tu as raison, Jo, c'est le nom du chef qu'on voit en énorme à l'avant du restaurant, et même sur leur site. Il n'y a pas de reconnaissance des femmes.

Le téléphone sonne, c'est le cabinet médical.

— Mademoiselle Ikeda, c'est la secrétaire du Dr Salomon. Je vous appelle pour votre problème d'audition. Alors comme ça, vous n'entendez plus les hommes ?

— C'est ça, dis-je soulagée de ne pas être prise pour une folle.

— Mais quelle chance vous avez ! Si je pouvais cesser d'entendre mon mari et mon fils ne serait-ce qu'une journée, ça me ferait des vacances ! Vous êtes sûre que vous voulez soigner ça ?

La jovialité dans sa voix m'étonne. Et si c'était effectivement une bénédiction ? Ai-je vraiment envie de redevenir poreuse aux mots des mâles ?

— De toute façon, je ne peux pas vous proposer de rendez-vous avant une semaine. Mardi prochain, 15 heures, ça vous va ?

Une semaine ? Mais mon cas est grave, c'est une urgence vitale de savoir de quel mal je souffre.

— Il n'y a pas de place avant ?

— Vous avez de la fièvre ?

— Non.

— Perte de connaissance, maux de ventre, diarrhées aiguës ?

— Non, rien de tout cela, mais…

— Vous pouvez toujours passer aux urgences si vous le souhaitez, mais vu l'état de ces services, je m'abstiendrais si j'étais vous. Peut-être que votre corps fait la sourde oreille pour une bonne raison, vous ne croyez pas ? D'ici mardi prochain, profitez-en bien ! Ah, et n'hésitez pas à noter des choses. Si cette absence est continue, si parfois vous percevez des mots.

Elle raccroche. Simone se lève et attrape son sac.

— Quand je te dis que tu as une opportunité unique de développer tes autres sens. Allez, je vous laisse. Je dois passer au restaurant. Je ne vous ai pas dit. J'ai décidé d'inviter un chef pour trois mois. Il s'appelle No, il arrive aujourd'hui du

Japon. Je me disais qu'il serait idéal pour notre Joséphine, glisse-t-elle avec un sourire coquin.

— Ça risque d'être compliqué de s'entendre.

— Et si, pour une fois, tu ne parlais pas et tu profitais juste ?

Simone éclate d'un rire joyeux. Olympe la suit.

Je me retrouve seule, presque heureuse de mon malheur. Sept jours me séparent d'une première réponse. Peut-être que d'ici là, j'entendrai de nouveau ? En attendant, une douche s'impose. Je me dégoûte. Et je vais déplacer l'aquarium de Bulle. Simone et Olympe ayant failli se prendre les pieds dedans. La daurade approuve cette initiative en frayant sur le dos.

Le silure

Poisson à peau sans écailles, à bouche entourée de six barbillons dont la plupart des espèces vivent en eau douce.

Cent couverts le midi. Le double le soir. Sept jours sur sept, trois cent soixante-cinq jours par an. La cuisine comme une armée. Dure à l'intérieur et à l'extérieur. Deux coups de feu par jour, entre-temps juste la possibilité de reprendre son souffle avant de repartir au front.

Chef, il ne sait faire que ça. Il vit pour ça. Pour cette puissance absolue qu'il ressent quand il pénètre cette zone de tension. Sa guerre à lui est sans fin. Et quand arrive la saison des guides culinaires, c'est encore pire. Avant, c'était simple, il n'y en avait qu'un : le *Michelin*. Désormais il faut plaire à Dubaï, Singapour et Hong Kong. On veut tout savoir de l'homme derrière le tablier, sa vie, ses envies, son inspiration. Même s'il ne l'avoue pas, il adore cet exercice. Il est 10 heures quand il pousse la porte du restaurant. Il a commencé sa matinée par une interview avec *Les Inrocks.*

Trop heureux d'enfiler un costume de star. Séance photo et interview où il déclare : « Je suis un chef terrien, de ceux qui aiment plus manger que cuisiner. » C'est faux, bien sûr, mais il aime ce genre de phrases qui font affleurer l'homme qu'il pense être. Il a d'ailleurs invité l'équipe à déjeuner. Il veut plus d'argent, une brigade sur mesure et diriger comme il l'entend. Il a une piste. Il va la transformer en opportunité. Mentir avant de faire. Un classique qu'il maîtrise. C'est justement ce qu'il va expliquer ce matin au directeur de l'établissement, André. Bonhomme fatigué d'une soixantaine d'années. Ils se fréquentent depuis toujours. Se connaissent presque par cœur. André a demandé à le voir et le chef sait pourquoi. Il va devoir justifier le renvoi de Joséphine Ikeda.

Management et casseroles n'ont jamais fait bon ménage. Pourtant, il a clairement prévenu André que dans la cuisine ou en dehors, c'est lui qui donne le ton. Ça le conforte dans son choix de quitter le pays. Combien de fois a-t-il entendu ses confrères se plaindre de ce personnel indocile ? Claquant la porte pour une soufflante, voire une légère brûlure ? Il a appris le métier comme ça. À la dure et sans RTT.

— Bonjour, chef.

Quelle satisfaction. Sa brigade, c'est son corps expéditionnaire. Ici, on va conquérir les étoiles, quoi qu'il en coûte. Il avale son café serré, l'œil sur la pendule. La direction tarde à venir. Il sourit. Ils ont peur de lui. Il le sait, le sent. Dans un étoilé, la communication, la politique sont à tous les étages. Lui joue sur du velours. Le dîner a été un succès, les retombées dans la presse sont nombreuses. Même les réseaux sociaux s'en sont mêlés. Célébrant la créativité du chef et ses propositions audacieuses. Des photos accompagnent les articles. Le chef met ça sur le compte de ces critiques d'un nouveau genre. Il ne les comprend pas. Ceux qui photographient leurs plats. Ceux qui demandent une meilleure lumière au maître d'hôtel. Ceux qui sortent carrément de la salle pour faire un post « à la lumière naturelle ». Combien de fois a-t-il souhaité les mettre dehors, ces imposteurs ? C'est la direction qui a calmé ses ardeurs, en lui expliquant le pouvoir de ces nouveaux gourous des réseaux. Aujourd'hui, le chef les remercie. Ils ont bien fait leur boulot. Un argument supplémentaire pour plaider sa cause auprès de la direction. Dans sa tête, les choses sont pesées. Et alors qu'André passe la porte, un porte-documents sous le bras, le chef sait que la maîtrise du jeu lui revient.

Il l'accueille avec calme et sourire et l'entraîne vers son bureau.

— André, je vous sers un café ?

— Avec plaisir, chef, allongez-le-moi, c'est mon cinquième depuis ce matin.

— Nuit difficile ?

— Disons que depuis ce dîner, je ne sais plus où donner de la tête. Les retours sont exceptionnels. On enregistre 70 % de demandes de réservation supplémentaires. L'ambassade du Japon souhaite organiser à son tour une réception. Les réseaux sociaux diffusent des photos aussi savoureuses que les plats… C'est un succès.

— J'en suis conscient, on a tous beaucoup travaillé pour arriver à ça.

— Je sais, c'est pour ça que je souhaitais vous voir.

Il fronce le sourcil gauche. Pour une fois, André le surprend. Le directeur décèle cet étonnement et voit ça comme un signe encourageant. Finalement, il est encore un peu le maître chez lui. Combien de confrères a-t-il connus pieds et poings liés à des artistes des fourneaux insatiables ? Toujours plus d'argent, des demandes de contrat mirobolant, et puis parfois, la volte-face, une démission annoncée dans la presse avant de claquer la porte devant des équipes choquées.

— J'accorde une prime exceptionnelle à l'équipe qui a officié ce soir-là. Notamment à votre cheffe de partie poisson. Comment s'appelle-t-elle, déjà ?

André cherche dans la liasse de papiers devant lui.

— Ikeda, oui, c'est ça, Joséphine Ikeda. D'ailleurs, où est-elle, je ne la vois pas…

On a apporté son café à André. Il le touille méthodiquement, pousse ses papiers et lève la tête. Il attend, la cuillère en l'air, à la recherche d'un sucre imaginaire. Il attend une réponse qui tarde.

— Je l'ai virée après le dîner.

André se tait. Il veut la totalité de l'histoire. Les couloirs bruissent. On lance bien des rumeurs en quelques heures. Il surprend des murmures, des voix basses. André n'est pas courageux, mais il tient à préserver la réputation de son établissement.

— Parlons-en, chef. Les états de service de cette jeune femme sont exemplaires. Ses propositions sont fantastiques. Je pense que nous aurions tort de nous priver d'un tel talent.

Le chef a le sourire mauvais. Il avise le commis, claque des doigts et désigne une tasse. Le ronron de la machine meuble le silence entre eux. Il revient à André. C'est le moment de montrer qui est le patron.

— J'ignorais votre passion pour les geishas, vous cachez bien votre jeu.

André hausse les sourcils, se tasse un instant avant de reprendre son souffle.

— Je fais référence aux plats proposés, chef. Comme vous le savez, je mets un point d'honneur à ne pas mélanger travail et plaisir.

Le commis s'éclipse mais pas assez vite.

— C'est d'autant plus facile que vous aimez les hommes, non ?

André ne tressaille pas. Il avale une gorgée fictive. Que le chef attaque sur ce terrain confirme ses doutes. Une crampe s'éveille du côté gauche de son estomac. Il sait ce que cela signifie. Le début d'une foule d'emmerdes.

— Je sépare mes activités professionnelles et personnelles. Vous feriez bien de faire de même.

— C'est une menace ?

— Prenez-le comme un conseil.

Le chef se lève et arpente son bureau. Il a fait construire au cœur du réacteur une pièce insonorisée de quinze mètres carrés. Véritable bunker, il y déjeune, y organise ses rendez-vous. Reçoit ses amis. Parfois des femmes. Triées sur le volet, toujours. Des journalistes, des admiratrices. De cet espace entièrement vitré dont il tire les stores selon les besoins, le chef voit tout. Et son ombre plane sur la cuisine. Qu'il réponde à une interview, accueille le directeur de l'établissement ou qu'il s'envoie en l'air, il sait très exactement ce qu'il se passe devant les pianos. Souvent, à un moment de plaisir succède une gueulante dont il a le secret. Il vit avec cette certitude chevillée au corps. Si ça n'est pas lui qui fait, ça n'est pas parfait. Ça le met en rage quand on ne respecte pas sa vision, ses ordres. Il explique pourtant. C'est pour ça qu'il a ce poste. Il sait faire, les autres, il en doute. Alors, quand les mots ne viennent plus, il s'énerve. Ça tombe et cogne. Un four, un placard, la porte de la chambre froide. Parfois, un membre de sa brigade, là au mauvais moment. Il a été construit comme ça. Avec des chefs emblématiques et caractériels. Il reproduit ce qu'il connaît. Et de toute façon, personne ne se plaint jamais. Il sent le regard métronome d'André. Ce dernier attend. Et si Ikeda avait ouvert sa gueule ? Il faut changer de tactique. Il se retourne vers son interlocuteur et soupire.

— André, on se connaît depuis combien de temps, tous les deux ?

— Pas loin de dix ans. Pourquoi ?

— Vous le savez, je suis un peu soupe-au-lait, je m'emballe parfois pour rien.

— Je suis heureux de vous l'entendre dire, et…

— Mais je vais vous dire un truc, André. Ikeda, je ne veux pas la reprendre. C'est moi qui l'ai faite. Elle a failli tout faire foirer. Vous étiez au courant, vous, de cette histoire d'impureté des femmes pour préparer les sushis ?

André semble pris de court.

— Non, chef. J'ai davantage travaillé les aspects logistiques et politiques de cette visite. La cuisine, c'est vous.

— Exactement, André, la cuisine, c'est moi. Je vous le dis comme je le pense. Elle, elle savait. Elle a fait exprès. Elle voulait qu'on se plante, et vous, et moi.

— Pardon ?

— J'ai beaucoup réfléchi depuis quarante-huit heures. Cette fille est médiocre, mais on ne peut pas lui enlever une certaine intelligence. Elle était forcément au courant de cette coutume. C'est son pays, après tout. Je suis sûr que dans sa tête, elle cherchait un moyen de m'humilier, de s'en prendre à moi… Elle m'a demandé plusieurs formations et promotions. J'ai toujours refusé. Vous connaissez la musique, hein, on n'a pas assez d'argent pour former tout le monde. Il faut faire des choix. Et puis elle était assez douée comme ça, on n'allait pas non plus la rendre meilleure.

André sourcille.

— Je croyais qu'elle était médiocre ?

Le chef n'écoute pas. Il suit sa propre logique. Ikeda connaissait les enjeux du dîner. Elle avait tout préparé, tout mis en scène. Elle voulait lui nuire. À lui et à toute la brigade. Il a eu raison d'agir ainsi. Il se tourne vers le directeur.

— André, vous savez, une brigade, c'est comme une famille. Et une famille, c'est ce qui est par essence familier. Au bout d'un moment, on ne se regarde plus…

André ne commente pas. Il note, encore une fois, un problème à venir. Un nouveau recrutement à organiser. Une hiérarchie à convaincre. Il est entre le marteau et l'enclume. Entre la finance et les actionnaires. Un poste de courage. Et surtout un poste de silence. Le chef, lui, continue sa réflexion désaxée.

André se demande où le chef veut aller et combien ce nouveau caprice va lui coûter. Peut-il encore longtemps accepter d'être lâche ? Est-ce vraiment de l'émotion qu'André ressent dans sa voix ? Ou un nouveau coup de bluff ? Le chef le coupe dans ses songes.

— André, dans une situation d'urgence, on se découvre sous un jour nouveau. On s'inquiète les uns pour les autres, on veut le meilleur pour le groupe. Cette inquiétude nous fédère, nous rapproche. Elle est essentielle, vous voyez ?

— Non, je ne vois pas.

Le chef le contemple de toute sa masse.

— Depuis qu'Ikeda est partie, les gars travaillent mieux, ils sont plus concentrés. Vous savez ce que c'est, une femme en cuisine…

— Vous voyez ça en quarante-huit heures ?

— J'ai l'œil et l'habitude. Je les vois, les gars. Une paire de jambes, un décolleté, et il n'y a plus personne.

André respire un grand coup et se lève. Il dévisage cet homme que tout le monde lui envie. Il toise cet artisan dont il admire le talent mais dont les explications lui donnent la nausée.

Le mouvement lent d'André ne convient pas au chef. Il jette un coup d'œil à l'horloge, le service de midi n'est pas loin. Il faut qu'il abrège cette conversation de manière définitive, sinon il n'aura pas l'occasion de manger. Et il a horreur de travailler le ventre creux.

— André, je sais que la direction encourage la présence de femmes en cuisine, c'est bon pour la communication. Mais franchement, c'est une source de complications pas possible. Je le regrette, voyez-vous, mais il y a des freins structurels.

— Des freins structurels ?

— Tout à fait, des freins structurels. Je vous explique. Dans un trois-étoiles, vous devez être à fond tout le temps. Vous me demandez de recruter des femmes. Or beaucoup d'entre elles demandent à travailler le midi car, le soir, elles doivent s'occuper des enfants. Ça, dans un trois-étoiles, ça n'est pas possible, André.

André l'interrompt, reprenant ses fiches.

— Mademoiselle Ikeda n'a pas d'enfants, me semble-t-il...

— André, laissez le grain de riz de côté. Je vous parle en général. Vous me demandez de recruter des femmes, mais vous voyez bien que ça n'est pas possible à ce niveau d'exigence. Nous, les hommes, on a de la chance. L'ADN des femmes, c'est d'enfanter. C'est comme ça, on ne peut pas faire des mômes et vouloir bosser le soir...

11 heures, il est temps de clore cette conversation. Il faut faire un geste, sinon André va rester dans son giron et tenter d'obtenir des informations auprès de la brigade. Le chef se retourne, ouvre la porte indiquant ainsi la fin de l'entretien. Une tension à peine palpable parcourt l'équipe. Par habitude, les têtes se baissent, les dos sont plus droits et les fouets s'agitent dans les casseroles. C'est assez rare de voir le directeur de l'établissement prendre le temps de passer en cuisine. Dans l'inconscient collectif, c'est forcément lié au départ de la cheffe de partie poisson. Même les types de la plonge s'activent plus efficacement.

Le chef lève le bras. Demandant ainsi l'attention de tous.

— Messieurs, un instant, s'il vous plaît. J'ai une bonne nouvelle à vous annoncer. Il y a deux jours, vous avez fait briller le savoir-faire de cette équipe et, ainsi, honoré le nom de ce lieu prestigieux. André, ici présent, est venu m'informer dès qu'il a eu la nouvelle. Alors, sachez-le : ce dîner est un succès !

Les applaudissements et les cris jaillissent à tout-va. Ça se congratule et ça se tape dans le dos. On a l'impression d'avoir gagné une finale de coupe du monde. Ça danse, ça chante. Et c'est de courte durée, il demande à nouveau le silence.

— Oui, bravo, bravo à tous. Grâce à vos efforts, on vient de mettre toutes les brigades des palaces parisiens sur les dents. Messieurs, vous êtes des cadors !

Nouvelle salve de vivats. Le cador est au milieu de ses hommes. Libre et pacifié.

— Oui, soyez fiers de ça. Dans quelques années, quand vous dirigerez vous aussi une brigade, vous pourrez dire : « J'y étais. » Et raconter à vos équipes comment, ensemble, comme une famille, nous avons réussi ce tour de force !

André assiste au spectacle. Des hommes faisant bloc, heureux. Ça pourrait presque le réjouir. Trop de mise en scène. Trop d'apparat. Ça tire trop entre son bras et son cœur. Il n'a rien vu venir. C'est ce qui le désole le plus.

Le chef reprend de plus belle, l'œil toujours fixé sur le cadran :

— Nous sommes à quelques minutes du coup de feu, mais je voulais vous le dire maintenant : j'ai obtenu de la direction une prime exceptionnelle pour vous féliciter de votre effort collectif. Nous fêterons ça ce soir, à la fin du deuxième service.

André regarde le chef. Le chef le regarde. Encore une fois, ce dernier s'en sort par le haut. André frotte avec insistance l'espace entre son poumon gauche et sa ceinture scapulaire. Il sort de là, nauséeux. Tout cela ne fait que commencer.

Le chef, lui, jubile. Il a réglé son compte à Ikeda. Il va pouvoir recruter un nouveau chef de partie poisson. Il a déjà un nom en tête. Il va négocier avec le patron de ce dernier, mais c'est un ami à qui il a déjà rendu toutes sortes de services. Il voit André partir. Il ne reviendra pas de sitôt. Il attend que ce dernier se soit complètement éloigné pour rappeler ses hommes à l'ordre.

— Je n'avais pas terminé, mais j'avais besoin que nous soyons entre nous pour finir mon discours.

Sourires de connivence et mains sur les épaules, ils sont aux ordres. Ils écoutent.

En confiance, il enchaîne :

— Comme vous le savez, j'ai été obligé de me séparer de la personne en charge du poisson, qui ne faisait plus l'affaire.

La brigade valide comme un seul homme.

— Que les choses soient bien claires, si j'apprends que l'un d'entre vous l'a contactée pour prendre de ses nouvelles, ou bien l'a informée de cette prime, c'est simple, il dégage aussi. Je ne veux pas de chieuse dans ma brigade. Et encore moins une chieuse qui peut nous mettre en danger en remettant en cause ma manière de diriger.

Le discours est interrompu par un bruit de clochettes. Il est temps d'attaquer le service du midi.

— Et maintenant, bougez-vous !

Tout se met en marche, chacun à son poste, les commandes s'enchaînent. Ça crie avec rythme et style. Le chef, lui, retourne à son bureau, une assiette à la main. Le sous-chef gère. Il est temps pour lui de s'accorder une pause.

La lamproie

Vertébré aquatique sans mâchoires des eaux côtières et des fleuves. Anguiforme à peau nue et gluante, apprécié pour sa chair fine et délicate.

Sept jours sans eux. Pas de sons, pas de murmures. Je suis coupée de 50 % de ceux qui composent ce monde. J'invente une nouvelle grammaire. J'apprends beaucoup en ce moment. Tous les matins, en allant faire mes courses, je souris un peu bêtement au maraîcher et au boulanger. J'ai renoncé à lire sur les lèvres. Ça me donne l'air suspicieux. Je remarque que mon regard de biche effarouchée et mon sourire gêné marchent nettement mieux pour obtenir les choses. Est-ce que les hommes rêvent de ça ? Une jolie fille qui se tait et qui sourit ? C'est dire si ça renforce ma théorie.

Je traverse la rue de Tolbiac, enchaîne avec la rue Bobillot. J'ai rendez-vous chez mon généraliste. J'entends la ville qui ne semble pas avoir de sexe. Je distingue le chant les oiseaux, le bruit des bus, les piétonnes. Les voix des femmes sont nuancées, parfois rondes, parfois pleines. De la mezzo-soprano au contralto. C'est une musique nouvelle. Mon chef trouvait que les femmes « faisaient du bruit », qu'elles étaient brouillonnes. Parlant trop bas, blablatant pour rien. Bruyantes dans le fond. Les rares qui osaient hausser le ton étaient vite qualifiées d'hystériques. En ces lieux, j'ai cultivé le silence. Froid, domestique. C'est le meilleur moyen d'en placer une sans se faire couper la parole. Je n'ai quitté la cuisine qu'une fois, lors d'une réunion préparatoire à un dîner de gala. Après cinq interruptions, dont deux concernant la manière dont j'étais habillée, je suis sortie, la tête haute, expliquant que je n'avais rien à faire ici. André était venu me chercher. Un directeur d'établissement particulier.

Je n'ai jamais pu le cerner. Je ressens beaucoup de souffrance chez lui. De la résilience, aussi. Il m'a adressé un mail ce matin pour m'indiquer que la prime de l'équipe me revenait également, qu'elle me serait virée dans les meilleurs délais. Il me demande de le tenir au courant de la suite. Imagine-t-il que je vais l'attaquer en justice ? André sait des choses. Mais il est trop lâche pour agir. Et moi, encore trop secouée pour m'improviser lanceuse d'alerte. Pour le moment, je veux juste remettre le son.

On ne va pas au restaurant pour savourer une assiette technique. On y va pour découvrir des matières brutes transformées. On travaille le vivant. C'est une conversation des sens. En cuisine, on parle souvent de la technique du chef. En salle, on parle des saveurs. Les papilles, l'œil, le nez. Le cerveau joue lui aussi son rôle dans la dégustation. Un souvenir, une madeleine, et on peut s'émouvoir. Parce que la bouchée a le goût de l'enfance ou celui de l'adieu. La cuisine, c'est l'âme exacerbée. À table, on n'est jamais indifférent. Ou alors c'est que c'est raté. Ma joie discrète quand je travaille est de déclencher des émotions et de voir revenir des assiettes vides. Être reconnue pour un mélange de saveurs. Plaire sans être vue. C'est peut-être là que les choses déraillent. Je suis aujourd'hui une femme cabossée. À être trop sensible aux voix des autres, on cesse de s'écouter soi. Et un beau matin, plus de vibration. Est-ce que j'ai trop privilégié les goûts des autres ? Est-ce que je mens ?

J'ai digéré les codes et je suis devenue ça : infirme aux hommes. Je ne les ai peut-être pas assez aimés ? Ou trop écoutés. Ou l'inverse, je ne sais plus. Peut-être qu'au fond je suis comme certains de ces chefs qui dissimulent leur trouille derrière une forte gueule ou une violence verbale. Je veux plaire et être aimée. Imposer mes goûts en faisant croire que je respecte ceux des autres. Je veux plaire tout court. Je refuse d'hésiter. Pendant le service, je suis terrifiée par ceux qui ne savent pas ce qu'ils veulent.

Je suis en manque de paroles. Je suis en manque de reconnaissance. Regardez-moi, je suis là. J'existe. La plupart des gens pensent que converser, c'est parler. À défaut, je les observe. Je les regarde, je les sens. Mon odorat se développe depuis que mon ouïe a failli. Je les déchiffre à leurs mouvements, à leurs parfums. À la manière dont ils agitent la main pour commander un café. Je devine, en silence, le timide, l'orgueilleux, le sans-gêne, le jaloux. Être privée de cette interaction me pousse dans un rôle animal. Je communique, mais je ne converse pas. Ça n'a pas l'air de les déranger.

Les voix des femmes, c'est autre chose. Que de conseils proférés, de mises en garde, de mots d'amour entendus depuis des jours. Des mères, des sœurs, des amies, des copines, des potes. Entraide à tous les étages et parfois déchirement. Des rires aussi, profonds, à gorges déployées. Des engueulades sonores, dont je ne saisis pas le contrepoint. Je savoure chaque instant de cette perception nouvelle. En coupant le sifflet aux hommes, je suis consolidée dans ma position. Ils ne peuvent plus m'atteindre. Ni par méchanceté et encore moins par mesquinerie. Je suis Beyoncé de Beauvoir. Je me tiens plus droite, renforcée dans mon secret. En poussant la porte du cabinet médical, une idée folle naît. J'ai de la chance. Nulle en numéros du loto mais bonne pour une expérience unique.

La secrétaire lève la tête et m'accueille avec un sourire.

— C'est vous, la demoiselle qui n'entend plus les hommes ?

Une semaine que j'ai appelé, et elle se souvient de ma pathologie. Elle me regarde avec attention de haut en bas. Je me concentre un instant sur sa voix pour cacher mon trouble. Un timbre rond, qui détache bien les syllabes. On reconnaît là l'habitude de faire épeler les noms de famille les plus compliqués. De la curiosité et de la gentillesse, propres à ceux qui accueillent les autres. Une sonorité un peu enrouée, aussi.

— Oui, c'est moi.

J'ouvre les yeux. Elle peut s'appeler Monique ou Isabelle. Elle m'est d'emblée sympathique.

— Alors, ça s'arrange, votre histoire ?

— Pas vraiment.

— Incroyable. Le docteur a failli tomber de sa chaise quand je lui ai raconté.

— Ah... Il vous a dit quelque chose ?

— Non, vous pensez bien, je suis sa secrétaire.

Le Dr Salomon appartient à la médecine d'autrefois. Médecin de quartier, un métier qui n'existe plus, ou presque. Toujours à l'écoute. Toujours rationnel. Pas une once de cynisme. C'est le père de famille de la moitié de l'arrondissement. Connu et respecté de tous. Traditionnel pour certains. J'oublie assez souvent de venir le consulter. Peut-être parce que je m'interdis en général de tomber malade. Ça fonctionne plutôt pas mal. Peut-être suis-je rattrapée par mon corps ?

— Mademoiselle Ikeda ?

— Venez, m'indique la secrétaire, c'est à vous.

Pour bouger, il me faudrait l'entendre.

— Mais comment vais-je faire pour communiquer ?

— Ne vous inquiétez pas, je viens ! Ça va me changer, pour une fois.

Isabelle quitte son accueil et me précède. Le docteur trône derrière son bureau. Un sourire, il m'observe.

— Alors comme ça, vous n'entendez plus les hommes ?

Je vois l'expression, l'interrogation, ses lèvres qui bougent. Tout est en *mute*.

— C'est ça.

— Pourtant, vous répondez à ma question.

Je me tourne vers Isabelle qui traduit l'interrogation.

— J'ai vu votre expression, j'en déduis la question. Pour le reste, rien. Pas de bourdonnements, pas de sifflements. Rien. C'est comme si toutes les voix des hommes avaient disparu.

Froncement de sourcils. Il prend des notes. Se lève et me fait signe de le suivre.

Je m'installe dans le fauteuil. Il ausculte mon cœur, prend ma tension, me fait ouvrir la bouche avec une affreuse spatule de bois. Puis regarde dans mes oreilles. La droite, puis la gauche. Cela dure assez longtemps. Je ferme les yeux. La tête me tourne. Il m'a fait ôter mon pull à col cheminée. Il pose la main sur mon bras. J'ouvre les yeux. Il regarde mon cou.

— Le docteur veut savoir comment ce bleu est arrivé là.

La voix d'Isabelle a changé. Elle est grave. Elle me regarde.

— Alors ?

On ne la lui fait pas, à Isabelle.

D'une voix blanche, je raconte. Les mots, les gestes. Je me repasse la scène. Je prends conscience de la violence. Voix atone, je contrôle. Je ne veux pas montrer que ça me renverse de douleur. Si je m'effondre maintenant, qui va me relever ? Je tiens, même si à l'intérieur je suis en puzzle. Confiance en miettes façon croissant. Ego pillé, amour-propre aux oubliettes. Je suis une victime comme tellement d'autres. Non, je n'ai pas porté plainte, puisque la question plane dans l'air. J'ai subi, encaissé et je suis partie. Quand je lève les yeux, le Dr Salomon est derrière son bureau. Il a saisi une feuille A4. Il m'écrit. Isabelle rompt le silence.

— Il ne faut pas vous laisser faire. Il y a un numéro d'urgence pour les femmes comme vous.

Les femmes comme moi ? Est-ce que je viens d'entrer sans le savoir dans une nouvelle catégorie ? Après la case célibataire, indépendante, inscrite sur les sites de rencontres, je viens donc de débarquer dans un autre monde ?

— Les femmes battues, enfin ! Vous vous rendez compte de ce que vous avez subi ?

Je la trouve touchante. Si elle savait. Pour moi, une femme battue l'est par son conjoint, son mec, son partenaire. Pas par son boss. Lui expliquer cela, c'est aussi noircir l'univers que j'aime tant. Et je ne suis pas encore prête.

Isabelle fait un signe de la tête. Je déchiffre alors l'écriture manuscrite illisible de mon généraliste. Je fronce le nez.

— Bougez pas, je vais vous aider, le docteur vous informe qu'après un grave choc émotionnel, il arrive parfois qu'un sens soit altéré et…

Elle tourne la feuille.

— Le corps réagit comme il peut. Ne parle-t-on pas d'un coup dans le dos en cas de trahison ? Il n'est pas rare que les maux du corps soient liés aux mots tout court.

Logique, tellement logique. Imparable, même.

— Bien, je comprends, mais quand est-ce que je vais retrouver une audition parfaite ?

— Ça, je ne suis pas docteure. Vous allez avoir une ordonnance et le Dr Salomon va vous mettre en relation avec un ORL.

— Une ORL serait mieux.

On se sourit, on se comprend.

— Bon courage, c'est déjà difficile d'avoir un rendez-vous. Alors avec une femme ORL… Ça ne sera pas demain la veille.

Sur cette vérité, Isabelle retourne à son accueil. J'ai le nez en l'air. Nouveau problème à venir. Me faire soigner par des médecins femmes. Mon esprit dessine un nouveau plafond. En verre, celui-là. Coupant, épais, ancestral et dangereux car invisible. Je suis peut-être sourde aux hommes pour vivre ça. Rencontrer des femmes qui ont dû, elles aussi, s'imposer dans un univers qui ne voulait pas d'elles. Et me dire que je ne suis pas seule. Mon ordonnance à la main, j'embrasse des yeux Isabelle, qui me glisse avant de partir :

— Tenez-moi au courant de votre état.

Entendre uniquement les femmes m'apprend cela : créer une vulnérabilité qui rapproche.

L'alose

Poisson voisin de la sardine, à chair estimée,
se développant dans la mer et venant pondre dans
les cours d'eau au printemps.

La vie en cuisine tient du rituel. Une ambiance, une manière de donner un contour au temps, de lui imposer une liturgie, un solfège, une rythmique. Simone inspecte l'espace d'un œil vif. Impeccable. Celui du bar, un peu moins. Elle attrape un chiffon pour nettoyer quand la porte s'ouvre. Un jeune homme se tient dans l'embrasure. Ça doit être pour le nouveau poste de commis. L'essor récent, l'étoile lui permettent de grandir à défaut de pousser les murs. Simone a ça pour elle. N'en faire qu'à sa tête. Sa vie n'est qu'un haussement d'épaules. Elle domine les autres en bâillant. Surtout quand la conversation lui fait saigner les tympans. Comme Joséphine, elle a entendu des saloperies. Sur sa couleur, son corps, sa place. Parfois, sur sa manière de préparer un plat. Mais c'était plus rare. L'inconnu vient à elle.

— Bonjour, je voudrais voir le chef.

— C'est moi.

Regard interloqué du candidat.

— Je veux dire, le chef de cuisine.

Simone sourit. C'est le moment qu'elle préfère. Celui de l'entretien qui ne va pas avoir lieu.

— Vous venez pour le poste de commis ?

— Oui.

— Je vous l'annonce. Vous ne l'avez pas.

— Pardon ?

— Vous m'avez bien entendue, vous n'avez pas le poste. Fin de l'entretien.

— Vous vous prenez pour qui ?

— Pour la cheffe.

Ces trois mots claquent dans l'air. Elle prend plaisir à en détacher toutes les syllabes. « Je suis la cheffe. » Le message est clair. Elle n'a pas lâché un poste dans une cuisine prestigieuse pour reproduire à ses fourneaux un code de déontologie datant d'un autre âge. « Je suis la cheffe », c'est l'accomplissement d'un tour de force sur le réel. Simone le sait. Ouvrir un restaurant de quinze couverts quand on n'est personne peut frôler la folie. Simone est une princesse consciente qui sait qu'après chaque catastrophe, la vie reprend, mais pas comme avant. Son drame à elle est de tout réussir trop vite. Le succès d'une installation, des clients qui répondent présents, le bouche-à-oreille. Et au bout de neuf mois, l'étoile. Elle a d'abord pensé la refuser. Ça avait de la gueule, de décliner cette distinction. C'était un élégant doigt d'honneur aux institutions et à toute la partie de la profession qu'elle vomissait. Ceux qui lui avaient plus parlé de son cul bombé que de la saveur de ses plats. Simone était comme ça. Tranchée. Elle n'avait jamais demandé à être assimilée. Elle voulait juste pouvoir travailler. Être étoilée, c'était rejoindre les autres. Ceux qu'elle ne craignait pas, mais qui la mettaient dans un état de malaise. Elle avait également pensé à l'histoire de Supinya Junsutade, la propriétaire du Raan Jay Fai à Bangkok.

À la tête d'un stand de street food, présentée comme « la reine de l'omelette au crabe et au curry », la cheffe avait souhaité rendre son étoile qu'elle qualifiait d'« attention indésirée ». Cette récompense était loin d'être la bienvenue. Simone avait été épatée par tant de sagesse. Raan Jay Fai faisait l'objet d'un flot ininterrompu de réservations. En cuisine de 14 heures à 1 heure du matin, ne quittant pas ses lunettes de labo pour la protéger de l'huile brûlante avec laquelle elle préparait son crabe, Supinya Junsutade avait inspiré Simone. La vraie liberté commençait là. Par rejeter un honneur non souhaité. Avec cette récompense, Simone pensait se trahir, c'était là sa catastrophe. Elle avait longtemps hésité. Certains y avaient vu du mépris. Simone savait que le talent, c'est la désobéissance qui a réussi. Cette potentielle célébration pouvait la priver de ça. Elle ne voulait pas rentrer dans le cadre des obligations propres à la récompense. Il lui fallait trouver un moyen de conjurer le sort et de rester droite. En même temps, on lui avait tellement renvoyé sa singularité au visage, lui disant que pour une fille « comme elle » ça ne marcherait jamais... Il fallait tordre le cou à cette assimilation de convenance. Simone ne doutait pas de sa cuisine. Elle doutait davantage des intentions dissimulées derrière cette récompense rapide. Cette reconnaissance du Tékrour devait être l'occasion d'oser encore. Que ça arrange les autres ou pas. Elle transforma cette menace invisible en opportunité géniale d'aller encore plus loin. Dans son exigence vis-à-vis d'elle-même, d'abord. Dans l'engagement de son équipe, ensuite. Elle accepta, réalisant ainsi qu'elle déstabiliserait un peu plus l'univers classique de la gastronomie. Elle savait que ça ferait parler. Une jeune cheffe noire étoilée en si peu de temps… Ça ferait bien dans les revues de presse. Simone n'a pas cherché à lutter contre le cliché, mais elle a utilisé toutes les tribunes possibles pour exposer sa voix, dissonante pour certains, de trop pour d'autres. Enthousiasmante pour quelques-uns. Ce jour-là, Simone a accepté un fait simple : être adulte, c'est avoir peur, en prendre acte et continuer de travailler, de créer, d'aimer et prendre le risque d'être vivant.

La porte qui claque la ramène à elle. Le commis a disparu pour laisser place à la visite qu'elle attend. En face d'elle se tient No. Toujours aussi beau. No appartient au cercle fermé des chefs itinérants. Six mois en Corée, six mois à Saint-Barth. Jamais là où on l'attend. Ils ont travaillé ensemble dans le même palace. Oui, elle a couché avec lui, mais il est trop cérébral pour elle. Ils s'admirent mutuellement. Et la jolie nouvelle, c'est qu'ils vont de nouveau travailler ensemble.

— Madame l'étoilée…

Simone se dirige vers lui et le prend dans ses bras. Pas de douleur côté gauche, c'est que l'histoire est bel et bien enterrée.

— Je te sers un verre ?

— Un thé, plutôt.

Simone se dirige vers le bar et active la bouilloire. No la suit et s'installe au comptoir.

— C'est bien, il y a des choses qui ne changent pas. Tu es toujours plus eau chaude-gingembre que verre de puligny-montrachet.

Elle dépose devant lui une tasse accompagnée d'un dessert au chocolat.

— Dis-moi ce que tu en penses, c'est un essai. Gâteau au cacao et piment béarnais de la maison Malnou.

No la regarde.

— Un gâteau ? Simone, tu as des soucis ?

— Non, pourquoi ?

— Parce que, en général, c'est ta manière d'évacuer.

— C'est d'un cliché, ce que tu dis.

— Simone, c'est un fait.

Elle rit, oui, il la connaît bien.

— Je n'ai pas de problème, juste une amie qui vient de se faire sortir d'une brigade de manière horrible. Ça me fait réfléchir, c'est tout.

— Je la connais ?

— Non, enfin pas encore. Je vais te la présenter.

« Dès qu'elle aura retrouvé l'audition », pense-t-elle, mais le sujet est peut-être compliqué à aborder tout de suite. No souffle sur le thé et découpe une cuillerée de gâteau. Texture fondante, pâte moelleuse, piment parfait.

— C'est intéressant, j'ajouterais bien une pincée de gros sel pour la prochaine fois. Et tu as bien fait de mettre la poudre de piment après. Ça ne se cuit pas.

Simone avale une gorgée de vin, satisfaite.

— Tu es sûr que tu n'en veux pas ? C'est un premier cru de 2011 du Domaine Leflaive. Le cru Les Pucelles !

No a un sourire doux. Simone est égale à elle-même, cette collaboration s'annonce bien.

Il arrive de Shanghai. Il vient de passer six mois dans une institution. Deux services. Cent cinquante couverts midi et soir.

En qualité de chef invité, No a une liberté complète. Il est admiré par tous pour son parcours. Son histoire y est pour beaucoup. Un gamin autodidacte né à Kamakura au bord de l'océan Pacifique, à soixante kilomètres de Tokyo, qui se prend de passion pour la cuisine française lors d'un échange scolaire avec la ville de Nice, ça ne court pas les rues. Son profil de yakuza tatoué et son intelligence hors norme font le reste. Il enchaîne rapidement les postes de sous-chef. S'installe un temps chez Éric Delalande à Villesèque-des-Corbières. Là, il découvre la cuisine durable et saine reposant sur des produits de qualité. Tutoie les agriculteurs comme les gastronomes célèbres. Dans tous ses voyages, il garde en tête le goût d'une production locale et de saison. Son talent lui donne la possibilité de choisir où il souhaite évoluer. Il dit où et combien, et le monde se plie. Ces six mois parisiens, il les voit comme une récréation, l'occasion aussi de se recentrer. Il a beau être solide, il sort éreinté de sa dernière expérience. L'argent n'est pas un problème, c'est d'ailleurs lui qui lui permet de s'offrir cette pause dans la capitale. Il vient pour Simone, pour ses rêves et ses envies. Il aime l'idée d'une fusion entre leurs racines. L'Asie et l'Afrique. Ils ont tout à inventer avant de penser une carte. Ils ont un peu de temps. No est un méticuleux intuitif. Il sait que Simone va le trimbaler dans tous les coins improbables de Paris et de la petite ceinture pour rencontrer les producteurs. Il n'attend que ça. Remettre les pieds dans la terre et les mains dans la simplicité. Simone l'observe en silence, ça ne lui ressemble pas. Leur relation passionnée a été brève. Arrivant l'un et l'autre rapidement à la conclusion qu'ils étaient faits pour être amis. C'est pour ça aussi qu'il a accepté la proposition. Il n'y a pas d'ambiguïté, juste l'envie de se retrouver et, pourquoi pas, d'aller chercher une nouvelle étoile.

— Tu as l'air songeuse…

Simone tchipe, ce qui n'est jamais bon signe. Elle repose son téléphone.

— Je prenais des nouvelles de Joséphine, dont je t'ai parlé. Son état ne s'améliore pas franchement. Disons que son renvoi la plonge dans un état étrange.

— Étrange ?

— Tu es bien assis ? Elle n'entend plus les hommes.

No ne dit rien. Quelque chose assombrit son regard. C'est imperceptible, sauf pour Simone.

— J'ai fait quelque chose que je n'aurais pas dû ?

Il se lève et fait quelques pas.

— Non, j'essaie juste de me mettre à sa place. D'envisager de ne plus entendre les femmes.

— Ça te ferait des vacances ! Et tu n'entendrais plus leurs avances !

Simone rit franchement. Elle n'a pas tort. No plaît. Il n'a jamais cherché à séduire, mais son mutisme exacerbe l'attention.

— Le silence augmente la lucidité en soi…

— Amen !

— C'est possible d'avoir une conversation sérieuse avec toi ?

— Tu poses encore la question ?

— Et ton amie, comment va-t-elle ?

— Tour à tour libérée et terrorisée. Je lui explique que c'est une chance inouïe d'avancer dans sa cuisine. Pour elle, sans médisance. Pour le moment, ça l'effleure et ça l'effraie.

Elle cherche surtout vers quelle médecine se tourner. Imagine la tête des gens quand elle explique pourquoi elle consulte !

— Et c'est arrivé comment ?

— Du jour au lendemain. Elle a assuré comme une folle lors d'un dîner prestigieux, a fait de l'ombre au chef qui l'a dégagée et au réveil, plus rien.

Simone contemple son verre. Elle n'a pas pensé à la situation de Joséphine depuis quelques jours. Qu'aurait-elle fait à la place de son amie, si, en plein service, elle avait cessé d'entendre les hommes ? Même si ça lui fait mal de se l'avouer, elle aurait menti, triché. Trouvé des subterfuges pour ne pas se laisser dépasser par le silence. C'est ce qu'avait proposé Olympe lors de leur petit déjeuner. Elle l'avait rabrouée par habitude. Elle n'avait pas d'alternative à proposer. Elle sait que ça n'aurait duré qu'un temps. Qu'une fois sa faille découverte, elle n'aurait rien pu faire. À part s'effondrer. Oui, ça lui arrivait aussi. Plutôt deux fois qu'une. Souvent pour des choses improbables. Simone pouvait se laisser engloutir dans une vague de chagrin profond. Elle n'était alors que sanglot intense. Secouée de tristesse. Un trop-plein qu'il fallait évacuer. Toujours en solitaire. Et c'est ça qui fait enrager Simone : elle aurait pu être à sa place, un jour de faiblesse, et définitivement se laisser tomber. Joséphine a tout donné pour son travail. Pas d'attaches, pas de jours off. Elle a laissé sa vie s'organiser dans cette agitation. À quoi bon ? Rien que pour ça, elle l'aime encore plus, sa Joséphine d'écailles. Sirène coupée des mâles. Elle va l'aider. Elles vont l'aider, avec Olympe. Les Trois Grâces des fourneaux. Toutes pour une, une pour toutes.

No s'étire comme un chat. Il voit Simone chamboulée et émue. Il faut faire quelque chose de cette émotion. Il se dirige vers elle et l'entoure de ses grands bras.

— Tu l'aimes, ton amie. Invite-la à dîner, je m'occupe de vous préparer quelque chose. Et puis, ça me donnera l'occasion de voir si tu as tout ce qu'il faut dans ta cuisine…

Simone se dégage de l'étreinte. Pas dupe.

— Dis donc, tu es déjà en train de mettre en doute mes compétences ? Gare à toi !

— Rassure-moi, tu ne vas pas me demander de baisser les yeux quand tu me parles et me faire brailler « oui, cheffe » à chaque affirmation ?

— Me prendrais-tu pour un homme ?

« C'est signé Simone… », pense No.

— Elle t'intrigue, ma copine, pas vrai ?

Ils se connaissent trop bien pour se mentir.

— Son histoire est intéressante…

Intéressante. N'importe quel autre aurait demandé à voir une photo, à en savoir plus. No, non. Cérébral avant tout. Simone repasse derrière le bar pour finir son verre. Joséphine et No… Inédit, et pourquoi pas. Il faut qu'elle en parle avec Olympe. Cette mise en perspective la réjouit d'avance. Soignant en général le mal par le mal, Simone voit dans cette aventure l'occasion de remettre Joséphine en conscience. Pour la confiance, on verra plus tard. Et No est un homme bien. Elle sait de quoi elle parle…

— Je sais à quoi tu penses…

— Certainement pas. Allez, passe donc en cuisine voir si elle te sied. Après, on part au marché.

Alors que No s'éloigne, Simone adresse un message rapide à Joséphine et Olympe.

Mon invité est arrivé, j'aimerais vous le présenter autour d'un verre. On se dit semaine prochaine ?

S'esclaffant comme une enfant, Simone file. Elle laisse quelques jours à Joséphine pour régler son audition défectueuse. On n'est jamais trop prudente.

Le poisson-chat

*Poisson d'eau douce originaire d'Amérique du Nord,
à longs barbillons, répandu dans les cours d'eau d'Europe.*

André s'arrête net dans sa lecture matinale des *Échos*. Les mots de Dov Seidman, juriste américain, dansent devant ses yeux : *Nous sommes passés d'une économie industrielle – où on embauchait des bras – à une économie de la connaissance – où on embauchait des têtes – et maintenant à une économie humaine – où on embauche des cœurs.* Ça le lance au niveau de l'estomac. C'est mauvais signe.

Embaucher des cœurs, ça lui plaît comme idée. André est un ancien. Il est en place depuis quinze ans. A connu des crises, des grèves, des querelles. Tout est passé, il est resté. Juste quelqu'un de bien, rongé par des années de mauvaises habitudes. Il connaît le nom de tous les employés. Les invisibles et les trop visibles. Il est tous les jours, dès 7 heures du matin, dans les couloirs. Non pas pour inspecter le travail des femmes de chambre, juste pour les saluer.

André avale un comprimé et appuie sur son ventre. Il souffre depuis plusieurs jours. Il croit à l'expression du corps, lui dont les mots sont toujours pesés.

Il a envoyé un message à Joséphine. Il a commencé ainsi : *Mademoiselle Ikeda*, essayant de mettre de la douceur dans quelque chose dont il pressent la gravité. Il se doute que ce départ est un caprice du chef. Ça transpire le mensonge depuis le premier jour. Le problème, c'est que la brigade murmure mais ne parle pas. Par peur des représailles, comme toujours. Mais sans preuve, difficile d'avancer.

Ce matin, pourtant, le vent tourne. En arrivant à son bureau, André a découvert une lettre. Anonyme, évidemment. Un corbeau à la graphie délicate qui, par la missive, se confie. L'oiseau raconte par le menu la vie réelle de l'équipe. Les brimades, les cris, les coups. La duplicité du sous-chef. L'impuissance généralisée. Aucune référence à l'affaire Ikeda. Ce qui laisse à penser que le correspondant est passé dans les cuisines il y a quelque temps.

En lisant à voix basse, André avale un énième café. Quand il est inquiet, il ne compte plus. Il est à peine 9 heures. Joséphine Ikeda n'a pas répondu. Il la revoit embauchant tôt. Une matinale, comme lui. Affairée devant son plan de travail à dessiner les assiettes du jour en attendant la première livraison de Rungis. Il sait que la situation déraille. Et cette lettre dépourvue de signature lui confirme que Joséphine n'est ni la première, ni la dernière.

Une phrase le fait particulièrement souffrir : *Je ne suis pas quelqu'un qui souhaite du mal aux autres, même à celui qui m'a fait du mal. Je veux juste qu'il se rende compte de ce qu'il fait, mais je suis sûre que ça n'arrivera jamais tout seul. J'aimerais qu'il cesse de harceler son équipe et que d'autres comprennent qu'ils doivent l'arrêter.* On est loin de la vision de Seidman. Cet hôtel et son restaurant, c'est toute la vie d'André. Il faut agir. Et vite.

Quand il débarque dans la cuisine ce matin, l'atmosphère est tendue. Le chef, invisible. Le sous-chef s'active sur les plannings, le regard sombre. André a pour lui l'avantage du lieu et de la surprise. C'est l'heure.

— Bonjour, Sébastien. Bonjour à tous. Tout va comme vous le souhaitez ?

Sébastien, le sous-chef, tressaille. Il a le visage des mauvais jours. Les cernes marqués et une sérieuse entaille sur le bras. André ressent l'animalité blessée de celui qui se tient devant lui. Sébastien ne répond pas. Un commis arrive sur la pointe des pieds. Dépose la tasse brûlante sur le plan de travail et disparaît dans un souffle. André ne bouge pas, il attend. Trop heureux d'être le maître incontesté du lieu, pour une fois.

— Vous, vous avez la mine de quelqu'un qui a des soucis.

— On a des problèmes de livraison aujourd'hui. Et des problèmes de personnel. Quand tout arrive en même temps, c'est la merde.

Sébastien ne prend pas la peine de s'excuser de son langage devant le directeur. André est trop intelligent pour s'en émouvoir. La logistique, ça se gère. Les équipes, ça s'écoute.

— Pour la livraison, je suis persuadé que nous allons trouver une solution. Et votre souci de personnel, quel est-il ?

— Le nouveau chef de partie poisson n'a pas pris son service ce matin. Et j'ai deux commis en retard, ou absents, c'est pareil.

— Avez-vous essayé de les joindre ? Ils ont peut-être un problème ?

— Le problème, c'est eux. Une belle bande de feignasses, croyez-moi. Infoutus de respecter un horaire et encore plus des ordres.

André laisse passer un temps, une gorgée de café pour rebondir :

— Vous avez des exemples à me donner ?

— Des exemples de ?

— Vous parlez de personnes « fainéantes », vous pouvez illustrer de manière concrète les faits ?

— Si je vous dis qu'ils sont mauvais, ils sont mauvais. Quoi, vous ne me croyez pas ? Très bien. Toi, viens ici.

Le chef de partie viande approche. Le physique de l'emploi. Taciturne et froid.

— On est d'accord que les deux commis sont nuls, et que le chef de partie poisson est une sombre merde ?

— Oui.

André attend, pas convaincu. Il peut entendre tout un tas de récriminations, mais il déteste les gens qui n'étayent pas leurs propos. C'est trop court, trop creux, et ça le fait sortir de lui-même.

— Écoutez-moi bien. Je refuse que vous qualifiiez vos collaborateurs de feignasses, ou autres termes péjoratifs, devant moi, et surtout sans argumenter. Sans preuve, vos paroles ne valent rien.

Le directeur quitte rarement l'habit élégant qui lui sert de réserve, cela donne d'autant plus de poids à ses mots. Sa stature n'est pas impressionnante, pourtant le sous-chef et le chef de partie viande reculent. L'habitude, peut-être ?

Il avance désormais vers eux en alpaguant toute la cuisine. Pour la première fois depuis bien longtemps, il éructe une rage construite. Le regard ferme et la voix froide, il dévisage l'ensemble des membres de la brigade. Il recadre les choses. Le patron, c'est lui.

— Ce lieu n'est pas une zone de non-droit, et j'entends que vous respectiez les règles de cet établissement. Maintenant que j'ai votre attention, sachez ceci. J'ai reçu ce jour un courrier anonyme qui raconte certains actes commis entre ces quatre murs. J'ignore, pour le moment, ce qui est vrai et ce qui est du domaine du mensonge. Mais soyez sûrs d'une chose : je vais enquêter. Si fautes il y a, des sanctions suivront, quel que soit le grade du responsable. Est-ce bien clair ?

Sébastien et les autres se regardent. André sait, entend les rouages inquiets de leurs cerveaux de loups. Ils ont mal agi, pas agi ou laissé faire. Ils sont potentiellement tous coupables et tous victimes, selon les jours. Une meute qui a peur peut se révéler dangereuse. Elle se range derrière un seul chef. Celui qui, présentement, n'est pas encore arrivé. André respire à plein nez les odeurs mélangées, coriandre, clémentine, fraise. Il en devine une autre, plus âcre. Ça n'est pas encore de l'angoisse, c'est pire. La culpabilité a une fragrance identifiable qui s'accompagne de têtes baissées et de pieds qui battent la mesure en espérant faire passer le temps plus vite. Il a capté quelque chose. C'est la première fois depuis longtemps qu'il s'adresse à eux hors de la présence du chef. André réalise que lui aussi a laissé faire. Sous prétexte de laisser au maître queux une véritable liberté de création, il lui a permis de construire une société corrompue d'allégeance. Un régime autoritaire aux ordres d'un souverain d'un autre âge. Tout puissant sur son monde, du premier au dernier service. Une ville dans la ville, où un droit de faire et de défaire s'exerce au mépris de toute humanité. André est coupable. Mais un coupable qui agit. Il remercie secrètement son estomac de lui rappeler qu'il ne peut pas se permettre d'être lâche. Aveuglé, oui. Chargé de certaines contraintes, aussi. L'heure est maintenant aux explications.

Devant ces hommes mi-arrogants, mi-penauds, André exulte. La porte à double battant, en provenance de la grande salle, s'ouvre. Aux regards de soulagement et de crainte, le directeur devine que le chef vient d'entrer en scène. Quitte ou double. Jouer la mise à mort, c'est risquer de ne jamais connaître la vérité. Tuer le chef sur place, c'est perdre l'équipe. Et André veut une vengeance élégante. Faire sortir le poison pour permettre aux autres, aux terrorisés, aux maltraités, de parler sans crainte.

Ça va prendre du temps. Autour de lui, les visages défaits oscillent entre résignation et hâte. Hâte de reprendre un rythme de vie normal. D'oublier le laïus et de faire comme si tout allait bien. Le chef n'a pas ôté ses lunettes de soleil. Geste de mépris et de défiance, mais qu'importe. Sébastien, le second, pique du nez vers ses chaussures réglementaires. Immobile, le chef claque des doigts. Le même apprenti silencieux surgit de derrière un frigo avec un café. Le dépose devant lui et recule sans tourner le dos. Personne ne pipe mot. Le premier qui parle a perdu. Simple.

La brigade observe André, qui les dévisage sans ciller, pendant que le chef contemple la scène en plan large. Même les plongeurs ont sorti la tête de leur zone d'activité. Tous attendent. La tasse à café heurte le comptoir, c'est le signal. Le chef avance :

— André, vous vous êtes perdu ? Vous vouliez me voir, peut-être ? Écoutez, repassez à la fin du premier service, je suis débordé. J'ai eu une nuit chargée, si vous voyez ce que je veux dire. C'était divin. D'une douceur inouïe. Mais on n'en attend pas mieux d'une cheffe pâtissière. Pas vrai, les gars ? Maintenant que j'y pense, on devrait la recruter…

Le propos ne déclenche pas les rires habituels. Le directeur de l'établissement n'a toujours pas bougé.

— Il y a un problème ? Un client mécontent ? Une star qui débarque, enfin quelque chose qui mérite que vous immobilisiez ma brigade depuis…

Il lève les yeux vers Sébastien qui lui indique le chiffre vingt avec ses mains.

— Depuis vingt minutes ? Vous êtes sérieux, André ? Ne venez pas vous plaindre si on fait un mauvais service. Allez, la réunion est terminée, sortez-moi les arrivages du jour. Sébastien, fais-moi un topo de la situation. Et où est le chef de partie poisson ?

Le chef retient ses insultes. Silence de mort. Personne ne réagit, ni ses gars, ni André. Alors ça monte d'un coup. Le chef tombe ses lunettes et son blouson. Il a le sourire mauvais. C'est le moment qu'attend la brigade. C'est l'instant qu'André saisit pour faire pleuvoir les coups de manière élégante et subtile.

— Chef, je suis passé informer la brigade qu'un courrier anonyme était arrivé ce matin pour relayer des pratiques qui semblent avoir cours dans votre cuisine. J'ai donc prévenu l'équipe que si de tels faits étaient avérés, il y aurait des sanctions. Au vu de la gravité de la situation, j'ai préféré me déplacer. Et comme vous étiez en retard et moi pressé, j'ai passé le message. Je reprécise, par ailleurs, que la porte de mon bureau est toujours ouverte.

André observe l'analyse en cours de la situation. Vérifie que chacun comprend les opportunités cachées derrière ce qu'il dit.

Il va pour partir et marque un temps d'arrêt devant la porte.

— Je vous laisse. Bonne journée et bon service. Chef, merci de votre invitation à repasser en début d'après-midi, mais je crains d'être débordé. Il me faut prévenir différents services et notre avocat.

Un dernier regard confirme à André ce qu'il sait déjà. Il a réussi son coup. Marquer les esprits et mettre le chef en défaut, tout cela dans la même matinée. Il fêterait bien ça avec un café, si son estomac ne lui renvoyait cette légère douleur. Une tisane fera sans doute l'affaire. Maintenant, il n'y a plus qu'à attendre.

Derrière la porte, c'est une autre ambiance. Sébastien se tient à côté du chef et dévisage la brigade. Les hommes, un à un, baissent la tête. Le chef les toise et attaque :

— OK, maintenant que le vieux est parti, on va se parler. Je ne sais pas lequel de vous est allé baver sur moi à la direction, mais soyez sûrs que je vais le découvrir et qu'il va prendre cher.

Il se lève et les passe en revue. Ça suinte la peur et l'envie de fuir. Le chef les jauge, s'arrête devant chacun.

— Il y aurait encore une nana dans l'équipe, je saurais d'où vient l'info, mais là, on est entre nous. Sauf s'il y a des homos dans l'équipe. Toi, peut-être ? Toi ?

Le commis interpellé secoue la tête nerveusement. Le chef lui empoigne les cheveux.

— C'est toi qui as été baver ? Avoue, avant que je ne te casse la gueule.

Il va pour abattre son poing sur sa tempe quand son geste est arrêté par un plongeur. Le commis s'enfuit sans demander son reste. Le geste du chef s'abat sur l'arcade sourcilière du sauveur. Le sang jaillit. Personne ne bouge. Le chef éructe.

— Nettoyez-moi ce merdier. Toi, tu dégages, je ne veux plus te voir, indique-t-il au plongeur, l'œil en sang. Sortez-le par la porte de derrière.

Sébastien s'exécute. Le reste de la brigade oublie de respirer. Le sous-chef revient. Les hommes se regardent.

— Chef, personne n'a parlé, c'est sûr.

— Et cette lettre, elle est arrivée de nulle part, peut-être ?

— Il peut mentir.

— André ? Non, trop droit.

— Alors, c'est peut-être Ikeda ?

Le chef réfléchit un instant. Ça cadre. C'est évident.

— La salope. Elle m'en veut et veut faire tomber toute l'équipe. Renseigne-toi auprès des autres pour savoir si quelqu'un échange avec elle.

Sébastien se dégage mais le chef le retient.

— Discrètement, d'accord ?

Sébastien hésite un temps et ose :

— Chef, pourquoi vous l'avez recrutée ?

— Qui ?

— Ikeda.

— Je ne l'ai pas recrutée, on me l'a imposée.

— D'accord, mais vous auriez pu la dégager plus tôt. Alors pourquoi ?

Le chef enfile sa tenue et fixe son regard dans celui de son second.

— Parce qu'elle était bonne.

Le sandre

Poisson téléostéen des lacs et des rivières européens, voisin de la perche.

Il faut 170 millièmes de seconde à notre cerveau pour distinguer une voix du cri animal. Il reconnaît aussi vite le visage que le son. Cette incroyable machine est configurée ainsi. Par effet papillon, dans une conversation, tout changement de ton, de débit, peut trahir une émotion et modifier le cours d'une vie. Je suis peut-être folle ? Et si tout cela se passait dans ma tête ? Peut-être que je vais me réveiller et qu'autour de moi je retrouverai ma vie d'avant. Innocente et légère. Elle me dirait : « Je t'ai joué un drôle de tour, c'était marrant, non ? Allez, maintenant on y retourne. »

C'est faux. Je suis donc folle. Le monde d'avant n'est plus. Je réalise les innombrables richesses dont je suis désormais privée. Traverser Paris aux aurores, à peine éveillée, toujours douchée et maquillée. Travailler des produits d'exception. Savourer le contentement d'une préparation bien réalisée. Boire un café dans la cour privée du restaurant au milieu des glycines – rare privilège du personnel. Me sentir consciente, active, faisant partie d'un grand tout. Reconnue pour mon travail. En capacité de communiquer sans entrave. Je suis coupée de ça, éloignée de moi. Je suis une femme bancale. Je dis femme, mais si je gratte un peu, je suis toujours une fille. Je n'arrive pas à passer au statut de femme, qui doit être certainement supérieur. Je joue à être femme et, derrière ma peau avec ou sans écailles, il y a toujours la Joséphine à longue tresse qui fait voguer des bateaux en papier en se prenant pour un capitaine de frégate. Je me suis construite avec beaucoup de limites. À commencer par celles des autres. À mes yeux, la transgression n'allait pas de soi. Je me suis battue avec cette sensation, longtemps. Aujourd'hui, elle me rattrape en me faisant un pied de nez.

Quinze jours que l'univers tourne au féminin. À chaque nouveau matin, j'escompte un miracle. Un signe. Je révise mon catéchisme d'athée. Je guette une amélioration. Mais force est de constater que je suis une païenne invétérée. Mes prières restent muettes, et mes oreilles insensibles.

Être privée de la voix des hommes me rend dissonante. Et m'amène à de nombreux quiproquos. Hier, à la terrasse de L'Oisive Thé, un grand brun m'a souri. Il est venu s'asseoir à côté de moi. Il m'a parlé, parlé, longtemps. J'étais mortifiée. J'ai cherché quelque chose à quoi m'accrocher. À son regard ou à la moue de ses lèvres. Je crois qu'il m'a demandé si je parlais sa langue. J'étais là, souriante et inutile. Il a fini par se lever et partir. Je pensais que ne plus entendre les hommes m'ôterait cette sensation de fragilité. Perdue. Je ne suis que ça.

Bon, il n'était pas assez beau pour que je lui sorte mon ardoise. Oui, depuis quelques jours, je me promène avec une ardoise et un feutre. J'ai expliqué à mon épicier, mon boucher et mon pharmacien que j'étais aphone. Un mensonge de plus, mais je n'ai pas le courage d'aller plus loin dans les explications. Je communique mes besoins primaires d'une écriture manuscrite maladroite. Je découvre à quel point écrire est épuisant. Former les lettres, écrire assez gros. Mes mains, pourtant habituées à un travail de précision, sont douloureuses. Je suis fatiguée de ne pas parler. Je me sens atone de ne plus pouvoir échanger. Une petite chose en retard sur son temps.

Les hommes, ces autres. J'essaie de les déchiffrer et de les comprendre. D'observer leurs corps qui s'inclinent au gré du vent. Épaules en arrière, jambes bien ancrées, bras qui gesticulent. Tout cela ne m'aide pas. Je me sens privée d'une contagion émotionnelle forte. Je n'entends plus Barry White et John Legend. Une voix, c'est une signature acoustique. Un état, une mélodie, un esprit. Exit ma folie chorégraphique en écoutant Mick Jagger. Bye-bye mes larmes à la voix de Gainsbourg. Adieu orgasmes sur le ton susurrant de Bashung. *Madame rêve…* Et plutôt deux fois par jour. J'ai découvert que quand on est ému, le larynx et la gorge se contractent, provoquant parfois des remontées acides pouvant conduire à une inflammation, voire à la voix cassée. En manque, je dois me reconfigurer.

J'ai posé le diagnostic ce matin face à mon thé. Je suis dissonante. Voilà le début de mon histoire, ma grande capacité à m'adapter aux désirs des autres. Les études pour faire plaisir à ma mère. Le silence pour m'intégrer en cuisine. La folie douce pour plaire. C'est pratique, l'adaptation.

À force, cela devient un jeu. J'ai lâché la barre de mes frégates d'enfant. Où ça, un capitaine ? Je me suis dissoute en faisant un gros bouillon et de l'écume. Le rythme intense de mon univers m'a permis d'oublier cela. Mais seule dans mon salon, j'encaisse froidement la réalité. Je me suis supportée jusqu'à maintenant parce que je me faisais passer après les autres. Maintenant qu'il n'y a plus que moi pour prendre toute la place, combien de temps vais-je réussir à cohabiter avec moi ? À ne pas me détester de tous mes paradoxes ? À vouloir tout et son contraire ?

Autoportrait au crayon. Je suis Joséphine, une coupe dégradée, brune. Ni trop petite, ni trop grande. Des yeux marron en amande. Et un corps que je n'ai jamais vraiment regardé. Sauf par le prisme de mes amants. Je m'observe dans les miroirs. Je contemple mon enveloppe. Découvre un grain de beauté sur ma cuisse, un autre sur la hanche. Je me soupèse et m'examine. C'est étrange de se rencontrer en vrai. En sortant de la douche, je caresse mes seins et j'ai une nouvelle forme de tendresse pour mon ventre. J'y découvre un creux nouveau. Celui du manque, peut-être ?

Bulle la daurade semble résignée à vivre avec une colocataire pas nette. Nous avons un rituel bihebdomadaire pour changer son eau. Elle n'y oppose pas de résistance particulière. À chaque fois qu'elle retrouve son habitat d'origine, elle paraît en refaire le tour avec intérêt. Elle se contente de peu. Nager, dormir les yeux ouverts, manger. Le début du bonheur. Enfin, selon elle.

Je ne parviens pas à dépasser cet état de sidération. Je rêve la nuit, dors le jour, boulotte du Nutella à même le pot. Hier soir, j'ai même cédé à la tentation d'un menu composé à 100 % de junk food. Le gras des frites, le fromage qu'on gratte avec le doigt à même l'emballage. J'ai tout fait dans les règles. Régression complète. J'essaie de ne pas m'en vouloir. Pour le moment, je ne vois pas comment transformer ce qui m'arrive en superpouvoir. Si Kamala Harris cessait d'entendre les hommes, elle tournerait cet accident à son avantage. Moi pas. Je m'en veux de ne pas être plus forte. Car s'il y a bien une chose que je découvre dans ce drôle d'état, c'est la puissance des femmes. Pour peu qu'on prenne le temps et qu'on tende l'oreille.

Dans mes promenades quotidiennes, le féminin m'entoure et me galvanise. Les mots des femmes virevoltent, amplifiés cent fois sans contrepoint. C'est une révolution sonore. Je découvre des gammes d'ondes beaucoup plus importantes. Un spectre large de tonalités plus ou moins aiguës qui m'obligent à des efforts quotidiens. Que de conseils, de douceur, de préoccupations. De prises de décision sans fin tout au long de la journée. Ça ne s'arrête jamais. Je les trouve fortes, incroyables, solaires. Une décharge d'émotion. Mon cerveau a l'impression de filtrer trois fois plus d'informations. Des sons complexes et énergivores. Je fais miennes leurs réflexions et leurs rires. Leurs questions multiples et leur capacité à jongler. Leur charge mentale devient la mienne. À ma place, ces femmes sauraient quoi faire, elles seraient peut-être même déjà guéries.

Olympe et Simone m'incitent à me reposer. À profiter de ce temps de rien pour en faire un temps de tout. Moi, il n'y en a que pour moi. Je ne suis pas habituée. Et puis, j'entends ma voix. La claque. Je ne l'aime pas, je la trouve quelconque. J'en arrive à me dire que, comme pour le corps, il y a des idéaux vocaux. J'aimerais m'entendre plus ronde, une voix qui vienne du ventre. Plus ferme pour ne pas être contestée. Je m'aimerais moins murmurante. Mon moi sonore me déplaît car il me semble trahir toutes mes faiblesses. J'en suis d'habitude largement coupée. Je cloisonne et je trie. D'un côté les réactions qui me plaisent, de l'autre celles que je ne veux pas entendre. Un peu plus loin, les réactions que je procure. Enfin, celle que je donne. Je suis une fille en silos. Tout cela était bien organisé. Tout cela n'existe plus.

Entre moi et moi-même. Je ne sais pas qui est la pire de nous deux. Des souvenirs, des émotions affleurent chacun leur tour, quand ça leur chante, me laissant parfois tremblante, parfois attendrie. Jamais insensible. Je me fais surprendre. Je guette les bruits… Ce midi, en préparant un tartare de thon rouge, j'y ai associé du radis noir. Par envie, par instinct. Mon chef détestait cette association. Une fraction de seconde, j'ai guetté le soupir dédaigneux précédant la critique. Par habitude, par conditionnement sûrement. Rien n'arrivant, je suis allée au bout de la préparation. Ce genre d'attitude me scandalise. Je m'indigne de n'être que ça. D'avoir enduré tant de choses inacceptables. De ne pas avoir réagi avant. De ne pas avoir compris le déni. D'avoir serré les dents tout en sachant qu'un autre piège arriverait. D'avoir pensé être plus forte dans le fond.

Ce silence partiel m'oblige à me regarder en face. Hier, j'ai listé toutes les choses que j'aurais faites si je n'avais pas écouté un homme. Ouvrir plus tôt mon restaurant, me couper les cheveux, vivre à l'étranger. À chaque fois, je me suis laissé retenir, par facilité et parfois par envie. Devient-on à ce point insoucieux de ses désirs dès lors qu'on est confronté à l'autre ? Est-ce parce qu'ils parlent plus fort qu'on se laisse convaincre ? Ou parce qu'il nous manque une case ?

Être lucide sur soi, à jeun et sans alcool, est une expérience violente. Je m'accroche à ma seule certitude : la cuisine est ma vie. J'aurais pu découvrir dans cette situation que j'avais fait fausse route depuis le début. Que je m'étais laissé séduire et berner par ce que je connaissais, de par mon histoire, mes parents. Qu'en fait, mon désir secret était de devenir prothésiste ongulaire et que j'avais raté quelques années de ma vie à me faire maltraiter par plaisir. Je crois que je grandis. Je trouve ça lamentable d'avoir attendu si longtemps. J'aimerais utiliser ce temps pour créer. Mais à part tester deux, trois mariages gustatifs, je me sens sur le qui-vive, et ma concentration est aux abonnés absents. Je m'en veux pour ça. Dans un métier où les jours de congé sont rares, je devrais me réjouir de la situation. Dormir, me reposer. Je finirai bien par les réentendre, les hommes. Et au fond je n'aurai rien appris. Je m'en veux donc tour à tour de ne rien faire pour progresser et de trop en faire pour respirer.

Je n'ai pas de nouvelles de la brigade. Je n'en attendais pas moins d'eux. Je ne ressens pas de peine. Et j'ai mieux à faire qu'attendre des excuses qui ne viendront jamais. L'idée d'Olympe fait son chemin. Si rien n'arrive par hasard, c'est qu'il est peut-être temps de me lancer seule. J'aimerais être effrayée. En vain. Je porte ce souhait depuis trop longtemps. Mais que proposer ? Mon imagination en berne me désole. Comme si le fait de ne plus être sous tension me faisait vaciller. Je me note des listes infaisables de toutes les bonnes idées à mettre en place pour combler ce vide. Me perdre dans les marchés, aller farfouiller à l'épicerie Tang Frères, prendre le temps de relire mes carnets où j'ai gribouillé mille recettes. Je ne suis bonne qu'à me lamenter en silence. À m'en vouloir plus ou moins ouvertement. Et à ne pas trouver de solution.

Pierre prend de mes nouvelles, m'incitant à quitter séance tenante la ville de névrosés qu'est Paris. Il se moque de mes atermoiements. Il a été parfait avec mes parents. Maman s'inquiète avec élégance et sa correspondance laisse à peine percevoir qu'elle se ronge les sangs. Papa étant papa, il a tenté de me joindre plusieurs fois pour finir par un message lapidaire.

Rentre, il faut qu'on parle.

Papa chéri. À quel moment vas-tu intégrer mon mal ? Te parler, d'accord, mais de quoi ? Nous n'avons jamais été doués pour échanger au moment où je pouvais t'entendre. J'ose à peine imaginer une conversation. Moi écrivant, toi t'offusquant. Je me figure le comique de la scène, et maman faisant le lien, comme toujours. Ça se terminerait en cuisine où tu dînerais sans un mot, laissant la vaisselle sur la table. Maman passerait derrière pour débarrasser et nettoyer. Combien de fois t'ai-je vu faire ? Je t'ai demandé un jour pourquoi tu quittais ainsi les lieux. J'ai pris une gifle. Tu m'en as peu donné. Celle-ci est donc marquante à plus d'un titre. Est-ce que c'est là que j'ai commencé à intégrer que les coups pouvaient pleuvoir en cuisine ? Que la volonté d'un homme pouvait aboutir à ce type de débordement ? Je crois que tu as fini par t'excuser. Longtemps après. Tu m'as expliqué ta vision du partage des tâches. Tu cuisinais, maman nettoyait. Dans les faits, maman cuisinait et nettoyait. Aller te voir en ce moment est absurde. Et extrêmement tentant. Parce que, pour une fois, ton seul-en-scène ne m'atteindrait pas. Et pour mon moral de demi-héroïne, ce serait déjà un début. Et puis, Pierre a tout programmé. Je n'aurais pas à dormir au-dessus du restaurant. Je serais invisible. Cette perspective m'apparaît comme une solution acceptable.

Je vais retrouver Pierre et ça me réjouit. Je règle deux impératifs avant de prendre le large : trouver un phoniatre féminin. Et survivre à mon rendez-vous du soir. Simone organise un dîner avec son nouvel acolyte culinaire. Je ne connais No que de nom. Son parcours de rêve et son visage charmant. Je soupçonne de sa part une volonté de provoquer une rencontre. Je ne suis pas sûre d'être en état d'être l'attraction de la soirée. Dans ma précarité de sons, Simone et Olympe interagissent sagement. Laissant passer ce qu'il faut d'inquiétude et de folie. Des bonnes fées qui me rappellent qu'il faut que je fasse quelque chose de ma défaillance momentanée. Ce quelque chose, c'est moi. Elles me permettent de remettre en place certains paradigmes oubliés.

Je n'ai pas la sensation d'avoir jamais laissé une puissance supérieure me diriger, mais force est de constater que mon état semble être la conséquence de quelque chose de plus grand que moi. De là à dire que j'ai été mon propre tyran, il n'y a qu'un pas que je n'ose pas encore franchir. Parce que ça me fiche une trouille bleue comme une orange de chez Bachès. La liberté, mes choix, mes envies sont toujours venus d'un besoin d'indépendance et de reconnaissance. Bref, j'ai toujours été libre. Ou eu cette sensation. Et si je m'étais illusionnée ? Si je ne m'étais construite qu'en réaction à mon entourage ? Peut-être qu'au fond, je suis une imposture ? J'évacue cette pensée en tirant un trait d'eye-liner, je me féminise à l'extrême pour me prouver que je suis encore celle qui décide de tout.

Alors que Bulle entame un énième tour de bocal, j'envisage la perspective de ne plus passer à côté de ma vie. Et de l'embarquer avec moi en Bretagne.

L'épinoche

Petit poisson marin ou d'eau douce, portant trois rayons épineux sur le dos et des plaques osseuses sur les flancs.

Simone et Olympe sont déjà là quand elle arrive. No observe la scène depuis la cuisine. Cette Joséphine l'intrigue. Son histoire l'interpelle. Perdre un sens, c'est laisser un morceau de soi en route. C'est s'obliger à une nouvelle adaptation. Rien n'est aussi peu évident, encore moins dans un univers codifié. Il connaît la difficulté des brigades, l'exigence parisienne, surtout quand on est une femme. Il a souvent entendu les plaisanteries douteuses de ses homologues masculins. Il n'a jamais suivi. Mais en a-t-il assez fait pour autant ? Le dîner est un prétexte. Un test, aussi. Pas sur sa cuisine, mais sur son aspérité d'homme. L'occasion de se confronter à sa lâcheté. Il veut être une ombre qui les écoute. Joséphine, Simone et Olympe sont aussi différentes que complémentaires. Dans leurs histoires et leurs manières d'avoir appréhendé l'univers de la cuisine. Pour lui, comme pour elles, il n'est question que de cela. De ce besoin primaire de remplir les panses. De savourer des goûts qu'on nous a transmis et appris à aimer. La cuisine est un sentiment primaire qui part du ventre pour y retourner. On est « mort de faim », on mangerait volontiers « comme un ogre ». Il n'y a pas de petites proportions. Il y a l'envie avant tout de se faire du bien. Cuisiner, comme aimer, impose une générosité sans borne. On part du produit – tout part toujours du produit. De sa forme, de ses capacités à être assaisonné. Du culot d'un chef qui va le sortir de son cadre habituel de dégustation. On ne cuisine pas petit, on n'aime pas petit. Du cœur au ventre, il n'y a qu'un geste et qu'une émotion : le plaisir.

No inspecte ses ingrédients. Il prépare un plat unique et simple. Une matelote d'anguille fumée avec des artichauts, des oignons grelots et des champignons de Paris. La sauce au jus de citron, thym, ail et vin blanc est déjà prête. Il attrape la bouteille restée sur le plan de travail et va rejoindre le trio.

La table est dressée au centre du restaurant. Simone a allumé des bougies et laissé Olympe ouvrir les bouteilles. Il en compte déjà trois. Joséphine, un bandeau sur les yeux, semble être en pleine dégustation. Autour de cette table, personne ne décroche jamais. Elles ne l'avoueront pas mais elles ont toutes en tête l'accord mets-vin potentiel.

Olympe mène la conversation :

— Alors, qu'en penses-tu ?

Joséphine fait tourner une dernière fois la gorgée en bouche. No se surprend à la trouver délicieuse. Elle ne voit rien de tout cela. C'est encore plus charmant. Elle ôte le bandeau tout en crachant le breuvage.

— Vert, un goût de terre, biodynamique ?

Olympe rit de bon cœur.
— Tu as tout faux, c'est un bordeaux !
Joséphine sourit avec une moue dépitée.
— Je n'ai pas le palais fait pour le blanc.
— T'inquiète, ça viendra. No, donne-moi ton verre.
Il goûte et savoure. Ça n'est pas un grand cru, mais ça sera parfait avec le dîner.
— Un sourire ? Je prends ça pour une validation.
Olympe se tourne vers Simone.
— Toi, je ne te demande pas ce que tu en penses !
— Tu m'as habituée aux bonnes surprises, donc je bois et je me tais !
Joséphine croise le regard de No. Un silence en guise de « bonjour ». Un battement de cils pour se dire « enchanté ». Il trouve une similitude bien légitime dans leurs traits.
— Sinon, quand est-ce qu'on mange ? taquine Simone.
— J'y vais, je n'allais pas réchauffer le dîner.
Il se dirige vers la cuisine, son verre à la main. Il sait sa présence délicate dans ce dîner de filles. Il jette un coup d'œil à Joséphine. Elle semble renfrognée. Comme si le fait de ne pas pouvoir échanger avec tous les convives l'agaçait. No sait qu'ils sont au bord d'une rencontre impossible. Est-ce là la seule raison valable de la regarder encore ? Autour de la table, les conversations vont bon train. Olympe interpelle Joséphine. No reste volontairement en cuisine. Entendre sans être vu est encore le meilleur moyen d'en apprendre plus.
— Alors, tu en es où ?
— Nulle part. J'hésite entre consulter une psy et une ORL.
— Je ne te parle pas de ça. Je te parle de toi avec toi-même. Comment te sens-tu ?

— Handicapée et godiche. À part ça tout va bien.

— Joséphine, écoute. Je te le dis depuis le début : ce qui t'arrive n'est pas un mal permanent. C'est une opportunité géniale que tu peux transformer à ton avantage.

— Je ne suis pas toi, Simone.

— Et alors ?

— Olympe et toi, on vous filerait les clés du monde, il tournerait mieux et de manière plus juste. Si vous étiez dans ma situation, vous feriez des choses incroyables. Moi, je suis tétanisée.

Olympe s'assied à côté d'elle en lui caressant la main.

— À ta place, je serais morte de peur.

— De quoi ?

— D'être jugée malgré tout.

— Mais par qui ?

— Par les autres femmes.

No décrypte l'information. On en revenait donc à ça. Non contentes d'être évaluées par les hommes, il faut que les femmes s'y mettent également.

— Tu sais, les autres femmes dans ma vie, c'est vous. Et ma mère. Autant vous dire que je ne lui parle pas de ma situation. Pour le reste, mes échanges quotidiens n'ont pas gagné en intensité ou en grandeur.

Simone l'interrompt :

— Mais personne ne te demande rien, Joséphine. Notre condition à tous, c'est de prendre part de façon temporaire à un tout. On est juste de passage mais profondément liés au monde qui nous entoure. Est-ce que tu vas enfin te décider à être ta propre autorité ?

— Tu sors ça d'où ? D'une application de méditation ?

— Rigole, ma jolie, mais tu sais que j'ai raison.

No dresse la première assiette. Les artichauts viennent tenir compagnie aux champignons. Où déposer les oignons grelots pour plus d'équilibre ? Joséphine saisit son verre.

— Je vous fais de la peine, pas vrai ?

— Oui, on s'inquiète pour toi. Mais plus pour ton absence de désir que pour tes oreilles. Est-ce que tu dessines encore ? Est-ce que tu relis tes notes prises pour des recettes ? Est-ce que tu nourris ce sens manquant ? Ou bien tu te morfonds sur ce qui t'est arrivé sans mettre les bons mots dessus ?

Joséphine se cabre.

— C'est bon, je le sais, vous le savez, on ne va pas passer la soirée là-dessus.

— Tu le sais, mais est-ce que tu l'admets ?

— C'est un dîner ou une thérapie de groupe ?

No voit Joséphine les larmes aux yeux et le visage crispé. Elle se lève, verre à la main, boit cul sec. La deuxième assiette est dressée mais le moment n'est pas opportun pour les apporter.

— J'ai été agressée par un salaud et je m'en veux. Je m'en veux de ne pas avoir réagi et de ne pas l'avoir envoyé au tapis. Je m'en veux de ne pas l'avoir menacé et de ne pas avoir su me défendre. Plus que tout au monde, je m'en veux et j'en veux aux autres d'avoir laissé faire. Je m'en veux de me réveiller seulement aujourd'hui de tout cela. J'aime la cuisine, je suis fière d'être cheffe. Et je me déteste aussi.

— Pourquoi tu te détestes ? interroge Simone.

— Pour avoir cru que ce rêve allait de soi. J'ai péché par orgueil et confiance.

Olympe pose ses deux mains sur les épaules de son amie. Sa respiration est sourde, son regard sombre.

— Tu vas me faire le plaisir d'ôter immédiatement de ta tête ces idées merdiques. Tu as été agressée et tu n'y es pour rien. C'est clair ? Répète-le.

Joséphine reste muette, son verre vide en suspens.

— Répète-le, insiste Olympe en haussant le ton.

Joséphine s'exécute.

— Plus fort, je n'ai rien entendu.

— J'ai été agressée et je n'y suis pour rien.

— Encore.

— J'ai été agressée et je n'y suis pour rien.

— Une dernière fois mais sors-le de tes tripes, Joséphine, lui intime-t-elle.

— J'ai été agressée et je n'y suis pour rien !

Les larmes débordent.

No quitte la cuisine, les assiettes en équilibre sur les bras. Il veut son entrée dans la salle discrète. La peine de Joséphine, il la prend en pleine face. Elle ne se cache pas, elle ne joue pas. Elle est bouleversée. C'est pour ça que No a mal au cœur. Simone enlace Joséphine tout en interpellant Olympe.

— Mais pourquoi tu lui fais ça ? D'habitude, le manque de tact, c'est moi ! Et puis pourquoi trois fois ?

— Parce que le trois est la voie de retour au tao, principe d'origine de toute chose. C'est le chemin de la justice.

Il interrompt la conversation. Trois paires d'yeux se posent sur lui. Simone et Olympe, qui savent qu'il a tout entendu et qu'il est trop bien élevé pour intervenir. Joséphine, qui a vu ses lèvres bouger et qui attend une traduction. Elle rompt le silence :

— Qu'a-t-il dit ?

— Que le trois dans la religion taoïste est un chiffre de justice.

No la voit rire. Joséphine sourit. C'est trop froid pour sembler authentique.

— J'en parlerai avec la Reine-mère de l'Ouest à l'occasion. On passe à table ?

— La Reine-mère de quoi ? interroge Olympe.

No lui répond :

— Une divinité religieuse essentielle dans la culture taoïste.

— Vous vous connaissez à peine, et déjà tu termines ses phrases.

Simone s'empare de son assiette. No a envie de lui pincer le bras. Il voit la douleur de Joséphine, le handicap de ne pas pouvoir échanger librement. Il trouve que Simone pousse le bouchon. Mais c'est Simone, elle est ainsi. Il sait aussi que derrière la bonne humeur, il y a l'inquiétude qu'elle dissimule.

— Bon appétit.

Manger avec des cheffes est assez spécial. No laisse son regard naviguer de l'une à l'autre. Alors que Simone inspecte l'équilibre du plat, Joséphine s'enquiert de la cuisson de l'anguille pendant qu'Olympe étudie celle des artichauts. Il sourit en silence. Elles sont délicieusement irrécupérables. Olympe rompt le silence d'un rot à peine dissimulé. Provoquant l'hilarité de Simone.

— T'as pas honte de te comporter comme un homme ?

— Ça va, on est entre nous. No, c'est délicieux. Ton plat est fait pour ce vin. Jo, qu'est-ce que tu en penses ?

— C'est pas mal…

Simone tchipe. No lève les yeux vers Joséphine.

— Jo, fais pas ta mauvaise joueuse, tu veux ? C'est une merveille !

— Oui, c'est bon. J'imagine que ça vient du fumoir de Saint-Christ-Briost ?

Il acquiesce et Joséphine enchaîne :

— Ça aurait été intéressant d'y ajouter une réduction de chinon pour contraster davantage avec la chair. Quelques petites pommes de terre farcies et une crème de raifort…

— C'est une excellente idée, Joséphine, mais tu es allergique au gluten et à l'amidon. J'ai donc adapté la recette.

Joséphine lève les sourcils. Olympe lui glisse à l'oreille :

— Pas de gluten, pas d'amidon…

Comme pour n'importe quelle cliente, No en a tenu compte. Le silence qui passe n'a rien de désagréable. Joséphine semble dans ses pensées, étonnée de l'attention.

Un pas après l'autre. No se lève et ramasse les assiettes. Rien ne presse. Il a envie d'échanger avec elle. Même si cela semble absurde. Vouloir parler à tout prix à quelqu'un qui ne peut pas t'entendre, il y a plus simple. Plus sain aussi. Il voit que Simone attend qu'il ne soit plus dans le cadre pour se pencher vers son amie. Les mains sous l'eau chaude, No lave les assiettes, les couverts. Il entend une porte claquer. Joséphine a filé. Il veut en savoir plus. Il a un début de piste. Ça le dérange d'ailleurs. Ça éveille des souvenirs. Comment lui expliquer cela ?

Quand il revient quelques instants plus tard, une théière et quatre tasses sur un plateau, Joséphine n'est plus là. Olympe et Simone parlent à voix basse.

— No, tu t'es occupé de nous comme des reines. Merci.

— Je t'en prie, du thé ? Joséphine est partie ?

Simone lui répond :

— Oui, elle prend le train demain pour rentrer voir Pierre en Bretagne.

— Pierre ?

— Son éternel amoureux, meilleur ami depuis l'enfance. Ça risque d'être pratique sans le son, maintenant que j'y songe.

— Elle nous a chargées de te dire que le dîner était parfait, ajoute Olympe.

No les dévisage.

— Elle a vraiment dit ça ? Personne n'essaie de corrompre ses paroles ? Simone, un commentaire, peut-être ?

— Tu me connais tellement bien. Non, pas de commentaire à ajouter. Elle était juste désolée de ne pas pouvoir te dire ça directement.

Ils sont chacun devant leur tasse fumante. À souffler sur l'eau, à laisser glisser leurs pensées.

— Drôle de maladie. Vous pensez que la Bretagne va lui faire du bien ? interroge-t-il.

— On va vite le savoir, assène Olympe. Avec ses parents dans le coin, c'est clair qu'elle ne va pas faire de vieux os.

Joséphine a donc fui sans demander son reste. Il a envie de la mettre sur une piste. Quelque chose que seuls elle et lui peuvent comprendre. Une appartenance culturelle, comme un indice pour aller mieux.

— Tu me donnes son numéro ?

Sifflement d'étonnement. Simone sort son portable et lui adresse la fiche contact.

— Eh bien, je ne te savais pas aussi rapide.

— Ne va pas t'imaginer quoi que ce soit.

Simone termine son verre et par-dessus lui glisse un :

— Trop tard.

Alors que les filles s'apprêtent à partir, No adresse un message à Joséphine. Elle comprendra, ou pas.

Joséphine, connais-tu l'ijimé ?

Il ne signe pas. Il veut juste qu'elle sache qu'elle tient entre ses mains la possibilité d'aller mieux.

La brème

Poisson d'eau douce au corps comprimé et plat.

Je ne me rappelle plus très bien comment j'ai trouvé la force de m'éveiller. Quitte à décider quelque chose, autant être grandiose. Fuir, d'accord, mais avec style. J'ai transvasé Bulle dans son premier aquarium. Sans trop savoir pourquoi. Elle part avec moi. Une Bulle dans sa bulle et moi au bout du bras. J'ai confié mes clés à une voisine, en tâchant d'oublier son regard interloqué sur mon attirail, et commandé un taxi. Tout cela sans vaciller, ni vomir. Les choses se gâtent en arrivant sur le parvis de Montparnasse. Chichis, bonbons, foule du petit matin, c'est trop pour moi. La population m'impose un rythme qui n'est plus le mien. Je suis inactive. Je ne travaille pas. Je ne suis rien. J'orbite autour du vide. Et c'est pour ça que j'ai mal au cœur. Je m'arrache à ma stupeur, entre dans le hall de verre et me dirige vers les escalators à ma gauche. Je me cale bien à droite avec ma valise pour ne pas gêner celles et ceux qui ont des choses à faire et un bureau à retrouver.

Moi, à part un train, je n'ai rien qui exige une fébrile agitation. Je suis déconnectée de ceux qui font.

Je m'accroche plus fort à l'aquarium et à ma valise. Bulle est sage. Immobile. Que peut-elle y comprendre alors que je n'y comprends rien ? Si ma daurade d'eau douce part avec moi, c'est que j'ai besoin d'un but. La libérer. Je suis ce vœu pieux. Une bonne action, une grâce pour un miracle. C'est tortueux dans ma tête mais je m'y vois déjà, les genoux dans la terre, le bocal à la main et Bulle dans la rivière du Quinic.

Ma gueule de bois me rend lyrique. C'est un état agréable pour soigner un déni. Je dépose ma valise et installe l'aquarium sur la tablette. De l'eau et du flou. Un bon résumé de mon esprit qui divague. Je m'installe dans le train avec l'aplomb qu'il me reste. Mon reflet m'observe à travers la vitre. Un peu moqueur. « Joséphine, grande Joséphine qui se voyait intouchable, t'as vu ta tronche ? Elle est passée où, la diva des fourneaux ? Tu te croyais réellement meilleure qu'eux ? » C'est donc mon double maléfique. Il y a trop de vrai dans ces affirmations susurrées. Je me lève rapidement pour cracher mes tripes aux toilettes. Je sais ce qui me fait mal. Ma propre honte. Mon orgueil qui éclate, mon ego qui s'enlise. J'ai de la bave sur le menton et les yeux rouges. Nouveau flot de bile, ça m'apprendra à faire des mélanges. Je me sens poisseuse, gluante. J'essuie mes yeux, ma bouche. Je vomis encore. Pleure de nouveau. Lève la tête, ça y est le train roule. Un regard dans le miroir me le confirme : je ne ressemble à rien. Je ne suis plus rien. J'en suis donc là. Au moins, mon ventre ne me fait plus mal.

Je pose mon billet sur la table et me recroqueville. Tête contre la fenêtre, écharpe autour du cou, manteau long en guise de couverture. J'ai trois heures à tuer et pas sommeil. Au-dehors, la pluie zèbre la vitre. Temps parfait pour un voyage sinistre. La perspective de retrouver Pierre m'enchante, pourtant. Avec mes parents, c'est une autre histoire. Échanger avec maman, plus souvent que d'habitude, me met en alerte. Pour la première fois, je perçois dans sa voix de l'inquiétude mélangée à de la joie. Pour elle, ce mal dont je suis atteinte est l'occasion de nous retrouver. Que je sois tout à elle. *Je vais m'occuper de toi*, m'a-t-elle encore écrit ce matin. Depuis combien de temps ne suis-je pas allée les voir ? Six, huit mois ?

J'en suis là. Plus de dix ans après avoir quitté le cocon familial, je reviens à Paimpol. Une adulte en passe de redevenir enfant. Vont-ils me demander de ranger ma chambre ? De donner un coup de main au restaurant ? M'engueuler si je fume trop ? Je leur ai menti sur ma date d'arrivée. Je me suis arrangée avec moi-même en croisant les doigts. J'ai besoin de ce temps. J'ai besoin de Pierre, de vagues et de paix. Le Jugement dernier peut attendre.

Une autre que moi verrait dans ce voyage l'occasion de prendre du temps. Du temps pour soi, du temps avec les autres. Je n'y vois que du vide et l'illustration de mon échec. Je me suis donné une dizaine de jours. Si j'arrive à tenir. Avant, j'avais toujours quelque chose à faire et peu de congés. Là, c'est autre chose. La voix de ma mère, d'habitude fluette, presque effacée, prend tout l'espace de nos échanges. Ça me réjouit. Je la trouve déjà plus présente. C'est mon occupation du moment : trouver des termes pour décrire les voix des femmes. Lumineuse, rocailleuse, ronde, sonore. Je découvre qu'il n'y a pas de voix naturelle, qu'inconsciemment tout le monde la travaille. Selon la demande, le besoin, la situation.

À la radio, je m'étonne d'entendre des femmes qui modulent moins leur tonalité, comme si une neutralité sans nom était exigée. Leur demande-t-on de parler comme un homme ? Je constate également que ma voix change. Ou peut-être que j'y fais plus attention ? J'y trouve de la dureté, de la fébrilité, et peut-être un peu de cynisme en laissant, trop souvent, mes phrases traîner. Je connaissais la charge mentale, je découvre la charge vocale. Simone et Olympe ont raison de m'encourager.

Bulle est à l'arrêt. J'aurais dû prendre un aquarium plus grand… J'évacue mes inquiétudes piscicoles en suivant du doigt le chemin d'une goutte qui file à toute allure avant de s'envoler. Puis une autre et une dernière. Le nuage au-dessus de ma tête n'en finit pas de pleurer. Il y a de quoi. À Paris, la vie continue sans moi. Le restaurant tourne. Je suis sûrement remplacée. Être et avoir été dans la même pensée. C'est donc ça, la vie ? Maigre univers que le mien. Oubliée en un claquement de doigts. Sauf par No. Drôle de type pour une rencontre à part.

Ça me fait mal de l'avouer, mais sa recette était un délice. Créative, simple. Un tour de main singulier. Il y avait dans son plat un désir de voyager. Un goût de la Loire mixé à celui de Paris. 25 % de produits, 25 % de technique, 55 % d'amour ou, peut-être encore mieux, d'amitié. Un surplus pour faire la différence et faire que, ce midi encore, je me souviens des textures et des saveurs. Ce dîner a calmé mon chagrin, j'étais moins triste hier. Et c'est maintenant que j'en prends conscience. Je me déteste pour mon esprit franc-tireur. Pour ce besoin que j'ai eu de souligner la provenance des mets. Qu'a-t-il pensé de moi ? J'ai offert un triste portrait.

Et moi, qu'ai-je pensé de lui ? Je me concentre sur Bulle, qui semble reprendre son chemin de ronde. No sans le son est un mystère. Ses avant-bras tatoués, une hypothèse savoureuse. Quant à son corps… Est-ce que je désire No pour ce qu'il cache ? J'aimerais sortir de moi-même et m'engueuler un bon coup. No, donc.

J'évite de prendre des amants qui ont le même métier que moi. Je grappille mes conquêtes dans les univers connexes. Je n'ai jamais couché avec un membre de la brigade. Ça aurait été la fin de tout. À part si ça avait été le chef, bien sûr. J'aurais gagné la paix dans la cuisine, et je n'aurais plus jamais été capable de me regarder en face. Peut-être que j'aurais eu pitié de lui, s'il avait moins souhaité mon corps dans tous les coins de cet espace de travail. Il a fait de moi cette fille qui fuit dans un train. Je le déteste encore plus pour ça.

Je n'ai rien vu de tel dans le regard de No. Hier soir, il m'a écoutée, il m'a vue pleurer. Tous les ingrédients pour faire avorter une histoire avant même qu'elle ne débute. Il m'a pourtant envoyé un message. Tard dans la nuit, numéro inconnu et du mystère à chaque lettre. Je sais que c'est lui. Je n'ai pas répondu. Lui dire quoi ? Je sens trop de réponses possibles concernant mon état. C'est ça qui m'interpelle chez lui. La sensation qu'il est déjà passé par là. Indifférente à mes états d'âme, Bulle s'ébroue dans son bocal. Elle me tourne les nageoires. Je la barbe avec mon autoflagellation. Serait-elle rassurée de savoir que je suis aussi une fille sensée qui a laissé deux messages à deux spécialistes pour essayer d'aller mieux ? J'en doute.

À Guingamp, je quitte le TGV pour un tortillard. Cinquante-trois minutes et huit arrêts me séparent de la maison. À Trégonneau-Squiffiec, je me demande encore si je ne suis pas juste folle à lier. Et si ma situation ne va pas s'arranger toute seule. À Brélidy-Plouëc, j'ai moins les larmes aux yeux. À Pontrieux, mon cœur joue au chamboule-tout. À Frynaudour, j'hésite à faire demi-tour. À Traou-Nez, je me mets un peu de rouge à lèvres, on n'est jamais trop prudente. À Lancerf, j'envisage de répondre à No. Trois secondes ou trois jours. Ce sont mes options de réactivité. No mérite mieux que quelques mots jetés à la va-vite. Il va donc attendre. Paimpol, terminus.

Bulle, ma valise, ma tête à l'envers et moi-même descendons du train. Je vois Pierre de loin. Je décide d'abandonner la Joséphine poisseuse et poissarde dans ce train. Je suis cabossée mais décide qu'aucun drame ne va survenir. Les bras de Pierre sont un territoire où rien de mal ne peut arriver. Il l'a décidé il y a des années. Après moi, le déluge. C'est exactement ce que je me dis quand il m'enlace. Que je suis définitivement trop idiote pour ne pas épouser immédiatement ce grand échalas qui est comme mon frère. Ou trop raisonnée. Tu ne fais pas l'amour à ton frère. Jamais. En jean, pull pas marin et doudoune, mon héros ressemble à Robinson. Il sort son portable, dicte un message qu'il me tend.

Pour éviter les panneaux et autres écriteaux, je me suis dit que ce mode de communication aurait au moins le mérite d'être simple. Tu connais par ailleurs ma passion pour l'orthographe.

Je souris et sors de mon sac mon ardoise et mon feutre. Pierre secoue la tête. Pas besoin de traduction. Je suis navrante.

Il attrape ma valise, ma taille et mes doutes. Je m'agrippe à l'aquarium qu'il n'a pas encore vu. Nous avançons en cadence, d'un pas soutenu sans prêter attention à ceux qui nous entourent. Invisibles et protégés. Je me jette dans la voiture, qui connaît le chemin par cœur.

Avenue Châteaubriand, tout droit après le rond-point, passage devant la pharmacie avant d'arriver sur le port. Là, je m'enfonce un peu plus à la place du mort. C'est ici que je risque de tout foutre en l'air en croisant mes parents. Je bloque ma respiration et me bouche les oreilles. Un coup d'œil de mon conducteur conforte ma prudence. Ici, tout le monde le connaît. Ici, tout le monde connaît mes parents. Moi, par extension, je suis l'ombre dont on parle. Et j'ai pour le moment besoin de rester dans mes pensées. Sur le quai de Kernoa, je ferme les paupières à m'en faire mal. Malgré ça, je vois les contours du restaurant familial, l'enseigne. Je peux presque flairer l'odeur de coriandre qui s'échappe de la porte ouverte. Il me semble distinguer la voix de maman. Mais j'affabule peut-être ?

Quand on atteint la rue du Four-à-Chaux, j'allume une cigarette, sachant très bien qu'on ne fume pas dans cette voiture. Ne pas entendre les hommes peut être pratique, parfois. Les fenêtres s'ouvrent toutes seules. Pierre sait. Que mon corps retrouve un lieu qu'il aime, que je ne peux pas parler sinon je fonds en sanglots. Que la clope me donne de la contenance, pour quelques minutes encore. Je n'attends qu'une chose, le panneau « Chemin de Guilben ». Quand on quitte la route, la mer embrasse le paysage. Bois de Guilben, nouvel arrêt. Définitif, celui-là. Je claque la portière, les ronces accrochent mon jean, et j'avance jusqu'aux genêts.

La pointe Mesquer m'accueille comme l'enfant prodigue. Elle ne m'en veut pas d'être partie si longtemps. Elle me pardonne mon insolence. Elle trouve qu'il serait bien que je me repose aussi. Elle ne me juge pas. C'est pour ça que Pierre est heureux ici. Il n'y a pas de place pour le mal. Je m'effondre dans l'herbe, à genoux. Je ne pleure pas. Je ne prie pas non plus. Je dis juste merci. Je tremble. Les mots ne sortent pas. Rien ne vaut une pensée muette. Pierre me saisit les épaules et me dit des choses que je ne comprends pas. Je me laisse faire et conduire. La porte, les meubles, la lumière. Tout y est. C'est l'endroit idéal. Je sens ses bras qui m'enlacent et qui me déposent sur un lit. Mon portable vibre un peu plus loin. Je dois terminer cette nuit commencée trop tôt ce matin. Ou bien suis-je déjà en train de rêver ? Un drôle de songe où Bulle me parle, demandant instamment à changer de propriétaire. Je n'ai pourtant rien fumé depuis des jours. Mon cerveau résonne de sons inconnus. Cacophonie de fréquences qui m'épuisent. Je voudrais faire silence en moi mais mes couteaux sont encore dans ma valise. Un dernier regard à Pierre, qui pose un baiser sur mon front, un mot sur la table, et je sombre.

Le goujon

Poisson de rivière de l'Europe occidentale et centrale.

Les couloirs bruissent de mots sans paroles. C'est dans ces lieux qu'on capte l'air du temps. Le chef le sait. Depuis quelques jours, les poils de ses avant-bras se dressent à chaque passage. La brigade s'agite. Ça susurre derrière son dos, ça marmonne dans la réserve. Et pendant la pause, de petits groupes discutent à mi-voix. Le discours d'André infiltre les esprits, délie les langues. Pour le moment, les murmures restent au niveau de la cuisine, mais pour combien de temps ? Le chef a contacté des confrères pour savoir. Les ragots vont tellement vite de nos jours. Ça l'a un peu rassuré. Si tous sont au courant du départ de la cheffe de partie poisson, les autres agissements restent pour le moment sous le radar. Et son sous-chef fait le nécessaire pour identifier les potentiels bavards. Pour un chef de meute, se sentir amoindri est le début de l'alerte. Il court tous les matins pour évacuer la haine. Cette violence qui lui a fait serrer le cou d'Ikeda. Pas assez fort visiblement. Il aurait dû être plus radical dans son approche. La rabaisser dès le départ auprès de la direction. Les gens talentueux passent leur temps à douter. Il aurait dû y songer plus tôt. Creuser la piste et découvrir ses failles.

Il tente d'oublier un instant le caractère impossible de la jeune femme. Rêche, froide et un peu trop sûre d'elle. Au fond, elle l'a bien cherché. Céder à ses avances était un moyen sûr, pour elle, de progresser dans la brigade. Comme d'autres l'avaient compris autrefois. Elle aurait dû être moins impassible. Il n'a pas de nouvelles, il enquête pour savoir si les autres en ont. Avec peu de délicatesse et quelques insinuations quotidiennes. D'ailleurs, il a fait rentrer une nouvelle femme dans la cuisine. À la pâtisserie. On ne peut pas l'accuser de discrimination. Et au moins avec elle, il peut décompresser entre les deux services. Elle est l'inverse d'Ikeda. Elle a intégré dès le départ qu'elle devait en passer par là. Une fille sensée, en somme. Consommée sur place, oubliée quand il rentre chez lui. Elle lui offre la certitude du plaisir sur ses heures de travail. Pour le reste, elle lui fout la paix. À quoi bon la faire progresser quand elle est si douée par ailleurs ? Et puis, il n'a jamais été très dessert. Sauf entre des seins.

La brigade sait, bien entendu. C'est peut-être pour cela qu'elle chuchote. Il se rassure, il s'inquiète pour rien. Son instinct lui dicte l'inverse. Il n'a pas recroisé André, qui semble passer le plus clair de son temps en réunion. Il l'aperçoit parfois avec un convive dans la grande salle. Ce dernier ne lui propose plus de venir saluer au moment du digestif pour le présenter. Ça le taraude. Parler au client, récolter les compliments fait partie de son rôle. Son premier café avalé, il inspecte la carte des réservations du jour. Rien de bien intéressant.

Il va pouvoir rester concentré sur son équipe, qui petit à petit arrive. Le chef de partie viande le salue d'un hochement de tête avant de se diriger vers les vestiaires. A-t-il parlé avec André ? Cet homme taciturne au cou de taureau n'a pas le profil d'une balance. Mais sait-on jamais ? Le chef se note d'enquêter sur lui. Quelques allusions bien placées devraient faire l'affaire. Les plongeurs entrent également, par la porte de service. La vue du chef, si matinal, les encourage à foncer tête baissée. Pourraient-ils se plaindre, eux ? Certainement pas. Ils articulent à peine quelques mots de français et ont trop peur de perdre une situation leur permettant d'obtenir des papiers. Ce détail réjouit le chef en lui désignant des victimes potentielles et résilientes. Ils ne parleront jamais. Sébastien, le second, déboule, casque de moto sous le bras. Un bonjour silencieux. Un regard froid. Il sait qu'il est mouillé jusqu'au cou. Que si le chef plonge, lui aussi. Sébastien est un imbécile qui a peur. Ça le rend potentiellement nuisible. Il serait tout à fait capable d'aller déballer une version peu flatteuse à la direction. Insistant sur le fait qu'il n'a pas eu le choix, qu'il était obligé de laisser faire. Un second, ça devient chef un jour, quitte à tout brûler autour. Une bonne raison de le garder à l'œil. Il énumère en silence la liste des autres. Commis, apprentis, la plèbe de la cuisine bien trop terrorisée pour l'ouvrir. Ils savent tous que les chefs parlent entre eux. En décevoir un, c'est se fermer les portes de nombreux lieux prestigieux. Les troufions serrent donc les dents plus fort et laissent passer les mois en espérant une fin d'apprentissage rapide. Et un lendemain meilleur. Quelques remontrances bien senties devraient permettre de les maintenir en esclavage le temps que les choses se tassent.

Les battants de la porte laissent passer des talons. Il la reconnaît avant de la voir. Un bruit d'escarpins dans une cuisine, ça met les sens en éveil. Ça lui faisait le même effet avec Ikeda. Ses talons, sa queue-de-cheval, son air hautain. Ils sont seuls en apparence. Elle se dirige vers son bureau. Sans un mot et encore moins une réflexion. La journée commence comme ça. De toute façon, il n'y a pas de vestiaire pour les femmes. Il la suit et ferme la porte à clé.

Elle attend les ordres. Là aussi. Quand on passe la journée à se faire diriger, il arrive qu'on perde toute autonomie.

— Déshabille-toi.

Ça n'est même pas : « Change-toi, passe de tes vêtements civils à ta tenue de combat, habille-toi pour travailler et être une au milieu de tous les autres. » Non, c'est la prépotence du désir avant le reste. La chemise glisse sur le sol pour dévoiler la chair sombre. Elle porte un bustier corail avec des agrafes sur l'avant. Les stores sont tirés. Elle va pour enfiler son T-shirt.

— Encore.

Elle ne dit rien, elle le regarde. Elle sait. Qu'elle passe pour une pute. Que les autres aussi veulent leur part. Qu'elle s'achète une paix sociale. Elle sait surtout que pour le moment, c'est elle qui a le pouvoir. Tant qu'elle le fait jouir, tant qu'elle le laisse désirer son corps, elle est à la paix. Le jean rejoint le sol, laissant apparaître des fesses rondes. Elle se laisse contempler. En apparence, du moins.

— Encore.

Elle est désormais nue devant lui. Les bruits de casserole, de placard qu'on ouvre et qu'on referme ne perturbent pas cette image suspendue. Il a encore la puissance d'exiger et de recevoir. De faire et de défaire. Il bande. Il n'est donc pas mort.

— Viens.

Elle s'approche sans malice, directe. Elle sait ce qu'il veut et va le lui donner. Elle le laisse poser ses mains sur elle. Un léger sourire apparaît sur ses lèvres quand il caresse ses seins. C'est une évidence, elle aime ça. Il la caresse encore, s'appesantissant sur son ventre et ses hanches larges. Il a envie de recevoir et ne rien donner. Elle s'agenouille dans un mouvement maîtrisé. Alors que sa langue s'affole, il perd pied et savoure. Il est le despote assumé des lieux. Il sait comment garder sa brigade à l'œil. Cette fille à ses pieds est encore en train de le lui prouver. Qu'André aille au diable avec ses beaux discours, il les a tous à sa merci. Il ouvre les yeux au moment où elle se relève. Elle a tout avalé. Preuve définitive de ses bonnes dispositions.

Comme à chaque fois, il vient se coller contre elle et la serrer dans ses bras. Il l'embrasse avec la langue. Elle laisse faire. Il lui dit :

— J'aime quand tu as mon goût.

Elle sourit. Il la serre davantage. Elle se dégage et attache ses cheveux en chignon. Cela fait bien longtemps qu'elle cloisonne son cœur du reste. Ça la sauve de tout de ne pas se laisser submerger par ses sentiments. Elle sort du bureau la tête haute et le regard méprisant. Contrairement aux hommes, elle n'a pas peur de lui. Elle fait comme le chef le lui apprend. Exiger et obtenir.

Un œil aux ingrédients, elle est déjà ailleurs. Dans quelques instants, il va leur tomber dessus, l'œil hagard et la colère dans la voix. Il est mauvais, même après l'amour. Il est mauvais tout court. Elle avale discrètement une rasade de thé noir qu'elle a mélangé avec un peu d'alcool. Pendant que son corps oublie, son cerveau se concentre. Elle va faire une pavlova avec des fruits de saison. Une recette facile nécessitant peu d'ingrédients. Un rapport qualité-prix imbattable à facturer aux clients quarante euros pièce. Elle sait aussi que le chef l'apprécie pour ça. Elle est efficace et garde toujours un œil sur le budget. Elle les voit, tous fébriles sur leurs plans de travail. Le chef préside et inspecte les arrivées de Rungis. Il prépare ses mots, la direction à donner. Il la regarde. La brigade devrait la remercier, sans ces moments volés, il serait irascible. Ou il courrait deux fois plus, c'est à voir.

— Votre attention.

Il les toise de tout son mépris. Même Sébastien fait un pas de côté pour s'effacer alors qu'il sait que le premier service repose sur ses épaules.

— J'attends de vous un service exceptionnel. Nous avons des convives de choix, ce midi.

C'est un mensonge, mais personne ne va perdre son temps à vérifier. Il continue :

— J'entends çà et là que cette brigade est oisive, qu'elle a le temps de parler, qu'elle prend des pauses. Puisque vous êtes si peu occupés, nettoyage complet de la cuisine après le premier service. Je veux pouvoir manger par terre. C'est clair ?

Les têtes sont baissées. Le grand ménage, c'est un effort intense. La brigade sait que ça n'est pas une demande mais bien une punition. Ça veut également dire pas de déjeuner. Elle paie, mais pour quoi exactement ?

— Je veux tous vous voir à la tâche. Inspection à 17 heures. Tous, sauf toi.

Elle ne lui dit rien. Elle ne regarde que lui. Elle sait à quoi tient cette exemption. Il vient vers elle pendant que les regards se détournent et que les dents se serrent.

— Alors, tu me proposes quoi ?

— Une pavlova aux fruits rouges. Facile, efficace. Je pense qu'on peut marger à 50 % en se débrouillant bien.

Il lui sourit et murmure à voix basse :

— Tu es décidément fascinante.

— Tu me penses bonne uniquement pour ton plaisir. J'ai d'autres ambitions.

— Tu m'en parleras ce soir ?

Il se rapproche encore d'elle et lui susurre :

— Ne va pas trop vite, ma belle. Les ambitions, parfois, ça fait se brûler les ailes…

— Tu ne peux pas m'appeler par mon prénom ? Tu apprécierais que je t'appelle « mon beau » ?

— On se rebelle ?

— On se révèle peut-être ?

— Ève, tu te braques pour des brouilles…

— Parle pour toi, tu es le chef.

— Quelqu'un te pose un problème ?

— Non, pas encore.

— Je te l'ai déjà dit, ici je te protège, il ne peut rien t'arriver.

— Je tâcherai de m'en souvenir. Allez, j'ai du travail.

Le chef s'éloigne en se félicitant. Quelle merveilleuse idée il a eue de la faire venir. Il se sait guetté, espionné. Il va s'en sortir comme toujours. Ikeda s'éloigne comme un mauvais souvenir. Ça n'est pas une femme payée à peine un peu plus du Smic qui va le faire tomber. Et puis avec son comportement d'effarouchée, elle l'a bien cherché. C'est normal d'être familier quand on passe près de quinze heures par jour dans un lieu clos. La brigade, il va en faire son affaire. Il va commencer par son second. Histoire de bien faire comprendre à ce dernier sa place et son rôle. Ses responsabilités aussi.

Après tout, ils sont une famille.

L'omble chevalier

Poisson d'eau douce voisin du saumon
à la chair délicate. Vit dans les lacs de montagne
de l'Europe occidentale.

La voilà face à son plan de travail. Elle liste ses ingrédients. Sucre semoule, œufs, maïzena, citron, crème fraîche liquide. Elle monte ses blancs en neige, avec une pointe de vinaigre. Concentrée sur le dessert à préparer. Elle ajoute la maïzena par touches ainsi que le sucre. La brigade s'agite. Elle, pas. Elle étale méticuleusement la préparation. Recommence. Les gestes répétitifs obligent à la concentration. Elle prépare sa chantilly en battant sans fin sa crème fraîche et en la sucrant avec parcimonie. Un apprenti lui apporte des fruits parfaitement découpés. Elle n'a rien demandé et voit dans ce geste son intervention. Elle le congédie prestement. Se peut-il qu'un jour il lui crée un dessert ? Quelque chose de léger et de défendu à l'image de son prénom. Un mets à base de pomme, peut-être de la kissabel. Peau jaune, chair ferme et rosée. Goût de l'interdit. Pour le reste, elle fait confiance à son imagination. Elle se dirige vers le four en tenant fermement la première plaque de métal. La chaleur la saisit au visage. Elle répète trois fois l'opération. Une heure quinze de cuisson. Le temps de nettoyer et de ranger. Ève déteste ce genre de tâche. Elle n'est pas là pour ça.

Pendant son apprentissage, Ève a été agressée sexuellement. Plusieurs fois. Elle n'a jamais rien dit. La première fois, elle est apprentie. C'était sa parole contre celle de son supérieur. La seconde, c'est dans un restaurant non étoilé. Alors qu'elle range des casseroles, accroupie devant un placard, un membre de la brigade vient se coller de manière explicite. Là encore, elle se tait. Que dire ? Qu'un collègue a mimé un acte sexuel ? Personne ne l'aurait écoutée. Ève se construit une carapace. Elle intègre la violence des cuisines et des mains aux fesses. Elle ne parle pas, elle digère. S'interroge beaucoup sur ce qu'elle dégage pour mériter ça. Se demande si elle provoque sans le voir et si son corps est un pécher.

Ève a des goûts simples. Un rêve aussi, un restaurant de plage du côté de Guéthary. Un lieu où servir uniquement des douceurs. Elle n'est pas mièvre, elle a juste envie de ce qui lui manque. Un peu de tendresse. Elle a choisi la pâtisserie, se disant que ce milieu plus féminin lui éviterait de tomber dans certains écueils. En vain, au fond, c'est toujours un homme qui vous choisit. Le chef, elle l'a rencontré au bar d'un grand hôtel. Elle avait besoin de se vider la tête et une terrible envie de gin tonic. Elle ne l'a pas reconnu tout de suite. Il a été charmant, drôle, spirituel. L'homme parfait pour boire un verre et oublier une journée sans grand intérêt. Il a fait la conversation pour deux, la questionnant sur ses envies. Le sujet cuisine est arrivé tard. Ils avaient déjà six cocktails derrière eux. Il a proposé de la faire venir avant de coucher avec elle. Suite logique de cette soirée séduisante.

Ils sont allés chez elle. Ève proposant, lui acquiesçant. Une première nuit réussie. Étonnante. Cet homme dirigiste et teigneux pouvait faire preuve de tendresse. Nu, elle le trouvait presque attendrissant. Quand, au matin, il lui avait proposé de l'embaucher, elle avait ri. Elle, dans un trois-étoiles ? Il ne pouvait pas être sérieux. Il lui avait pourtant fallu peu de temps pour comprendre la véracité de la proposition. Ce genre d'homme pouvait-il s'éprendre si facilement ? Alors qu'il dormait, Ève avait enquêté. Enfin, elle avait passé du temps sur Google. Quelques biographies, des recettes proposées à des journaux en vue. Et bien sûr, le dîner pour Jiro Ono. Ève avait alors vu l'opportunité qu'elle attendait. L'occasion de renverser la table et de se réparer. C'était donc un oui.

Un bruit sourd lui fait lever la tête. Autour d'elle la brigade s'agite. Ça vient de la plonge, rien de grave. Elle jette un œil à la meringue qui prend peu à peu. Tout va bien. Le plan de travail brille, les assiettes sont prêtes à être dressées. Un œil sur l'horloge lui indique qu'elle tient le bon tempo. Elle progresse. Elle se remercie pour ça. Pour le reste, elle a vite déchanté.

À son arrivée dans les cuisines, elle comprend très vite que les hommes ont été briefés. Pas touche. Le chef parle plus fort que d'habitude, impose son style. Il veut l'impressionner. Ça marche un jour, puis deux. Mais rapidement, elle comprend, encore une fois, que ce chef possessif la veut pour lui et à n'importe quel moment de la journée. Commencent les allers-retours dans le bureau sous les regards de la brigade. Ça, elle s'en fout, elle assume. Être celle qui couche avec le chef, ça lui va très bien. La difficulté est ailleurs. Il est insatiable. Plus il est angoissé, plus il exige d'elle. Ève saisit que derrière les coupures de presse et les félicitations, il se passe quelque chose de grave. Un membre de la brigade lui a confié que le directeur du restaurant était au courant de certains agissements dont le chef était tenu pour responsable. Ça avait réveillé chez elle son aversion du ménage et la peur d'aller dans la chambre froide accompagnée. Plus que tout, elle s'était sentie une nouvelle fois piégée. Elle avait pourtant la sensation d'avoir tout fait dans les règles. Elle avait couché avant de réussir. Ça se tenait, non ?

Jour après jour, cet homme lui inspire plus que du dégoût : une forme de pitié. Un colosse qui gesticule trop et qui, derrière ses jérémiades, veut être aimé. Quand il crie au respect absolu, il quémande de la douceur et de la bienveillance à son endroit. Quand elle ne le regarde pas, il boude. Quand elle le regarde trop, il s'énerve. C'est un être sans juste milieu. C'est surtout un homme qui, au quotidien, réveille de vieilles blessures. Cet adulte trop gâté est un salaud. Ève n'est pas idiote. Les pièces du puzzle se dessinent. Ne rien dire, ne rien faire. C'est encore trop tôt.

Il reste quinze minutes de cuisson. Elle sort de la cuisine et se dirige vers la cour. Ève s'offre une pause avant le coup de feu. Voir ces hommes trimer deux fois plus qu'elle la fait jubiler. Cela vaut bien quelques orgasmes et le mépris dans leurs regards. Elle les trouve globalement idiots. Ils ne voient que ce qu'elle laisse voir. Ils la prennent pour la dernière lubie du chef, baisée et remplacée demain par une autre. Ça l'arrange, ce niveau de mépris. Ça lui rend la tâche plus facile. S'ils savaient, les lâches, ce qu'elle prépare. Elle espère pour eux qu'ils ont le cœur bien accroché. Elle tire une dernière fois sur sa cigarette. Un bout de ciel bleu s'offre à son regard. La journée va être belle. En se lavant activement les mains, une question l'effleure quand même : à cette heure précise, que peut bien faire Joséphine Ikeda ?

Le bar

Poisson marin à la chair estimée, voisin de la perche, appelé aussi loup.

Je m'éveille d'un œil. C'est plus prudent. Le lit, les murs, je souris. Je suis chez Pierre. J'entends du bruit sur le palier de ma porte. Pierre frappe et entre, un plateau à la main. Pain perdu et thé vert. L'heure du goûter, je présume. Je perçois ma faim, liée à un véritable désir et pas à une tristesse passée. Je le remercie d'un sourire et regarde mon assiette. Je n'ai pas le temps d'aller plus loin qu'il me tape sur l'épaule. Portable dans l'autre main. Une consigne, simplement :

Mange !

Me taire, déguster sans juger. Ne pas calibrer l'esthétisme du plat. Que c'est bon de juste savourer. Je m'entends mastiquer, ça me dérange. Un peu comme si chaque muscle avait décidé de se distinguer. Le ligament sphéno-mandibulaire quand j'ouvre la bouche. Le conduit parotidien de Sténon quand je mâche. Le muscle buccinateur quand je réduis le sucre à néant sous mes dents. Je me découvre bruyante dans un sens que je n'aime pas. Apprendre à m'entendre est un enfer. Que dire le jour où je vais m'écouter ? Ma voix évolue encore à mesure que mes oreilles atrophiées me jouent des tours. Je suis une bruyante sonore. Pierre écrit encore. La perspective d'une conversation m'épuise. Mais je suis venue là pour ça. Arrêter de mentir. Faire sortir les choses. Si je ne le fais pas avec Pierre, avec qui d'autre ? Plus jeuncs, nous pouvions jouer pendant des heures à « À quoi tu penses ». Nous devions faire deviner à l'autre nos secrets par périphrases. C'est dire s'il est l'homme de la situation.

Bulle trône sur ma table de chevet. Pierre a trouvé un aquarium plus grand, quelques algues et des galets. Il prend soin d'elle. Il ne me pose pas de questions. Je connais par cœur ce regard. Je l'intrigue. Il me passe son téléphone.

Un peu compliqué, le « À quoi tu penses ». Une question : veux-tu me parler de ce qui t'est arrivé ?

Je secoue la tête. Il récupère le téléphone et écrit de nouveau. J'en profite pour me lever et vider mon sac qui vibre sur la table. Des messages de Simone et Olympe qui veulent savoir si je suis bien arrivée. Un de maman qui me dit qu'elle pense à moi et qu'elle a hâte de me retrouver dans quelques jours. Si elle savait que je suis à huit cents mètres d'elle. J'ai honte. Quelques appels en absence dont je ne reconnais pas le numéro. Et puis, un nouveau mot de No, que je prends le temps de lire.

Bonjour, Joséphine, je n'ai pas signé mon précédent message. Pardon. J'espère que tu es bien arrivée et que tu prends soin de toi. On met du temps à se remettre d'un ijimé. No.

Ijimé, ijimé. Il n'a que ce mot-là à la bouche. À croire qu'il semble normal que je le connaisse. Que tout le monde sait ce que c'est. Il me fait passer pour une idiote en plus d'être une handicapée temporaire. Il m'agace à vouloir prendre le dessus. Je réponds dans un souffle.

Bonjour No, bien arrivée, je te remercie. Pas eu le temps de me pencher sur la question, étant très occupée. Bien à toi. Joséphine.

J'envoie sans réfléchir. À quoi bon ?
Un nouveau message clignote. Pierre.

Tu as terminé d'écrire à tes amants ?

Je pouffe. Nous sommes deux humains dans la même pièce, tenus à la technologie pour pouvoir échanger. L'avantage, c'est que je peux le regarder dans les yeux et avoir sa réaction à la seconde. Je m'approche de lui et me cale dans ses bras tout en écrivant.

À mes nombreux amants. Jaloux, va…

Il se détache de mon emprise pour rire et répondre.

Jaloux, moi ? Tu te fais des idées, ma petite.

C'est moi que tu traites de petite ?

J'ai le défi dans le regard ; lui, la connerie. Cette histoire va mal finir.

— Tu veux te battre ?

Nous voilà en train de nous chamailler. Il m'attrape et me fait rouler sur le lit. À grand renfort de chatouilles, cet affreux me paralyse. Nous rions ensemble mais je n'entends que mes éclats, entre deux respirations accélérées. Je lui écrase l'oreiller sur la tête. Il me balance l'édredon. C'est reparti pour une bagarre. Pour le reste, on se retrouve. Il finit par s'allonger et je me cale contre lui. À quoi penses-tu, mon Pierre ? Est-ce que tu te dis, toi aussi, qu'on a loupé une occasion d'être heureux tous les deux ? Ou est-ce que tu penses que je suis folle à lier ?

Il me tend un post-it. Une déclaration, peut-être ?

Jo, est-ce que tu crois en Dieu ?

Merde. Manquait plus que ça.

La piété de Pierre est toute relative. Il croit plus en la mer qu'en les hommes. Moi, je m'embrouille dans les divinités. À part vénérer l'autel des anciens et dire quelques mots doux en agitant des bâtons d'encens, ma foi, comme le reste, est à construire. Je suis ce reste. Je suis assise au bord de moi-même. Alors converser avec Dieu…

Pierre me jette un manteau sur les genoux. Sortir ? Pour aller où ? Ni SMS, ni message, rien. Je n'aime pas les surprises. Et si on me voyait ? Si je croisais mes parents ? Une casquette et une paire de lunettes de soleil atterrissent sur le lit. Il attrape ses clés, je le suis en bougonnant. Ça l'amuse, en plus. Dans la voiture, pas un échange. Je regarde le paysage défiler. Est-ce que je crois en Dieu ? Est-ce que je crois en moi ? Les deux questions sont liées. J'ai passé mon temps à être persuadée que je ne laissais pas mon bonheur reposer sur les autres. Je me suis menti. Je me suis vue forte. Force est de constater que là aussi, il y a des choses à dire. Pourvu que Pierre ne me fasse pas faire un chemin de croix. Je suis nulle en repentances. La voiture ralentit et s'arrête devant la chapelle de Kergrist. C'est donc ça. Pierre me tire par la manche. Je suis, boudeuse. Il se signe. Je capitule. Il signe mon front. J'ai un frisson. Pas d'illumination, c'est juste sa peau sur la mienne. Un pas de côté pour ne pas aggraver mon malaise. Il me conduit devant un tableau et me désigne un banc. Je n'ai pas de mal à lever les yeux au ciel. La Vierge Marie y prépare la bouillie d'un petit Jésus bercé par Joseph. Je trouve des airs asiatiques à cette jeune mère. *Le Ménage de la Sainte Famille*, c'est le titre de l'œuvre. Tout un programme. Je tourne le regard vers Pierre. Il se dirige vers la sortie et ferme la porte sur lui. Un post-it m'attend.

Donne de la voix et vide ton sac. Ici, il ne peut rien t'arriver de mal.

J'étouffe un éclat de rire. C'est tout Pierre. Me laisser là devant Jésus sur sa croix et attendre un miracle. Ici, il ne peut rien m'arriver de mal ? Mais ailleurs ? Donner de la voix ? Est-ce qu'il s'attend à ce que je hurle à la mort ? C'est comme ça qu'il me voit ? Comme une patiente de Charcot échappée d'un asile ? Je ris plus fort. Est-il bien sérieux ? Mon rire rebondit sur les murs et grimpe vers les vitraux. Imaginer que je peux trouver la paix ici est un leurre. Mais c'est peut-être l'opportunité de purger ma tête. Je me lève, tombe le manteau et m'approche de la sacristie. Je dévisage quelques anges et hausse le ton. Je pense une seconde à maman, croyante, et m'excuse d'avance. Elle m'a fait grandir dans la peur des divinités. Il est temps de voir si elle disait vrai.

— J'ai été agressée, j'ai perdu le boulot que j'aimais plus que tout. Et mon dernier orgasme date d'il y a plus de trois semaines.

Je guette une réaction, un châtiment. C'est à peine si les bougies vacillent. Je continue :

— Je suis en colère. J'en veux au monde entier et je déteste les autres. Je ne supporte pas le bonheur béat qui convient au plus grand nombre. Je suis en colère et, pour une fois, j'ai le droit de le dire. Que les autres soient indifférents à ma situation me blesse. Que personne ne s'en fasse pour moi m'insupporte.

Nouveau temps d'arrêt. Je m'arrange avec ma conscience en omettant volontairement Simone, Olympe, maman et même No. Leurs mots ne suffisent pas. Le silence encore autour de moi. Ça me déçoit, j'aimerais bien être coupée dans mon élan. Je prends conscience de ma peine, de ma peur et de cette rage qui monte. Je réclame justice. Je me place devant la Croix, le défi dans le regard et hurle :

— Je veux des excuses. Je veux la reconnaissance de ma peine. Que le chef tremble et ne connaisse plus le sommeil. Que le monde entier sache.

Les larmes coulent et dégoulinent.

— Tu m'entends ? Je veux la justice. Pour les injures, pour les « tu m'appartiens », pour les blagues salaces, pour les mains baladeuses. Pour ma peur d'être victime. Pour être une victime. Pour les menaces et pour mon renvoi.

J'éructe ma colère à Dieu. Qu'est-ce que ça peut bien lui faire, mon état, après tout ? Toujours debout, je hurle mon sacrifice si salement donné. Mes heures, mes doutes, mes angoisses. Ce que mes amies voient comme une opportunité, je le vois comme une punition divine. Je hurle sur mon ego parce que j'ai eu le culot de vouloir le faire exister, pour une fois. De le revendiquer aux yeux des hommes. Le chef, la brigade et cette phrase de mon père qui me revient en pleine face. « Le clou qui dépasse appelle le coup de marteau. » C'est ça, papa, que tu m'as transmis ? Elle est là, ta fierté de père ? C'est ça que tu souhaitais pour moi ? L'humiliation pour rentrer dans le rang ? Que j'intègre enfin tout ce que tu voulais m'inculquer et que j'ai toujours nié en bloc ? Je geins, je gueule, je me griffe. J'assume ma haine si longtemps refoulée. Je suis cette fille blessée par tous. Je suis ce que les autres ont fait de moi. J'ai laissé faire, me pensant immunisée, plus forte. Je suis mon propre mensonge qui m'inspire un dégoût infini. La réalité, c'est que ces hommes que j'ai tenus à distance sont essentiels à mon équilibre primaire. Grégaire et viscéral. Privée de cette entente, je ne suis plus humaine. Ou à demi. Écouter les femmes ? La belle affaire !

À quel moment l'une d'entre elles m'a tendu la main ? Quand ai-je été alertée ? Je suis debout, je suis hagarde dans cette église et je mugis encore plus fort pour que les anges entendent. Je vous déteste, je suis à bout. Je suis ma plus grande méprise. Et visiblement, c'est bien fait pour moi. J'aurais dû rester à ma place, dans le rang. J'aurais encore mon job. Voilà mon destin. Me soumettre.

Je hurle une dernière fois et m'accroche à une chaise. Le souffle court, j'ai terminé mon marathon vindicatif. J'essuie mes larmes en même temps que mon mascara. Je respire un grand coup. Je me sens mieux. Entre libération et trouille, j'oscille. Et si après ça je perdais la vue ? Si tous mes sens me lâchaient peu à peu ? Si ce que je prenais pour une étape était en fait plus grave ? Si tout mon corps dégénérait, me laissant prisonnière de mon cerveau ? Je suis toujours en vie. J'ai défié Dieu dans sa maison et je suis toujours là. Est-ce que dire à Dieu et à ses pairs qu'ils déconnent complet me concernant, c'est le meilleur moyen pour entendre de nouveau ? J'y vois une première victoire. Pierre pose sa main sur mon épaule, je sursaute. Il m'adresse un nouveau post-it :

Alors ? Heureuse ?

Comment être fâchée ? Je lâche un rire profond, qui vient du ventre, ça me fait mal et c'est bon.

— C'est ça, ton plan pour m'aider ? Me laisser hurler dans une église toutes les horreurs qui me passent par la tête ?

On se regarde et on rit encore plus fort. Une porte s'ouvre derrière la sacristie. Pierre attrape ma main et, comme deux gamins, on fuit sans se retourner. Fenêtres ouvertes, crachin dans le visage, je fume. Aucun de nous ne souhaite briser le silence. On se repose de ce fardeau d'émotions que je viens de laisser derrière moi. Crier m'a fait du bien. Hurler aux cieux aussi. Je devrais le faire plus souvent. Je suis Joséphine. Je suis ce clou qui dépasse qui n'a pas appelé les coups de marteau, mais qui, des années durant, les a reçus sans ciller. Je suis le clou qui dépasse à un centimètre de la cloison et je lutte encore pour ne pas y entrer, parce que ça me terrifie. Je suis cette fille qui n'admet pas d'être femme et dont les désirs contrariés font de moi un corps impatient. Beaucoup plus loin de moi, je suis la petite Joséphine qui se voyait corsaire, et cheffe de goélette. Au milieu de tous ces chemins doit se trouver une piste pour la suite, qui ne fasse pas honte à l'enfant que j'étais.

Les essuie-glaces balaient l'horizon. L'orage arrive, ombrageant le ciel au-dessus du port. Cherche, Joséphine, tu peux trouver un moyen d'avancer. Tu es encore un peu rêche et à vif, collante de larmes avec un sourire aux lèvres. En cuisine qu'est-ce que ça donnerait comme saveur de plat ? Ça surgit d'un coup, faisant remonter à la surface mon âme de pirate. Je regarde Pierre avec détermination et me penche vers son oreille.

— Pierre, reste encore un petit peu avec moi, hein… Ne me lâche pas tout de suite. Rentrons, dînons, allons au marché. Laisse-moi un peu dormir le matin. Faisons une tarte aux mûres. Buvons du blanc. Je vais prendre un bain, aussi… Et parler avec No, enfin, lui écrire.

Il reste muet face à mon inventaire décousu. Je le rassure du regard.

— J'ai trouvé ce que je vais faire pour m'aimer, mon Pierre. Je vais me venger.

Le lieu noir

Poisson marin commun sur les côtes de l'Atlantique et de la Manche.

Olympe fait bouillir l'eau à 60 degrés avant d'y incorporer du thé blanc. Ce passage matinal de Simone la réjouit. Elle est inquiète. Plusieurs fois dans la semaine, on l'a interrogée à propos de Joséphine. On lui a aussi demandé ce qui s'était réellement passé le fameux soir de son départ. Le monde de la cuisine est microscopique. Les contrevérités y croisent les mensonges arrangés et quelques faits déguisés. C'est pour ça qu'elle veut la voir. Elle pressent quelque chose.

Elle entre dans le salon pour voir un magazine voler du canapé à la table basse.

— Un problème ?

Simone reprend le journal et le lui tend. Six pages d'interview de chefs, féminins et masculins, qui évoquent, émus, leurs plats d'enfance préférés.

— Ça me rend dingue. Tu l'as lu ?

Elle s'empare du journal et attaque à voix haute :

— *C'est un gâteau que ma grand-mère maternelle me faisait le dimanche, car mes parents travaillaient – le restaurant était ouvert. C'est un gâteau de famille simple et délicieux. Ma mère a repris cette tradition dominicale et me l'a transmise.*

Simone verse le thé et dépose la tasse devant elle.

— Encore mieux, écoute bien. *Quand je mange ce plat, je suis à la fois l'homme d'aujourd'hui, celui de cinquante ans, et le petit garçon dans sa maison de l'Aubrac. Ma mère nous installait, ma sœur et moi, le mercredi après-midi, autour de la grande table en bois avec la mission de préparer les légumes…*

Elle s'interrompt dans sa lecture et avale le breuvage d'un trait en grimaçant.

— C'est chaud !

Olympe va pour la couper mais Simone reprend de plus belle :

— Non mais, de mieux en mieux ! *C'est une recette que préparait ma maman le week-end. En général, elle débutait le samedi et nous la mangions le dimanche. Un très beau souvenir gustatif !*

Elle tourne la dernière page et la dernière interview lui coupe le souffle. L'ex-chef de Joséphine, tout sourire, posant devant une photo de soufflé au fromage.

— *Il y a des plats que personne ne fait mieux que maman. Et ça n'est pas parce que je parle de ma mère que je suis partial ! Son soufflé est une anthologie, d'une onctuosité extrême et parfumé juste comme il faut.*

Simone s'arrête. Olympe souffle sur sa tasse et la ressert. Elle l'interroge du regard.

— Ça va mieux ?

— Mais non, ça ne va pas. Tu as lu, vu et entendu comme moi. Olympe, nous les connaissons tous. Et nous savons toutes les deux comment ils se comportent en cuisine. Hommes ou femmes d'ailleurs, ne va pas croire que j'épargne notre sexe.

— C'est du marketing, de belles images et des paroles dans le vent. Je ne comprends pas que ça te mette dans cet état.

— Olympe, ça me révolte parce que je sais. Que penseraient les clients s'ils étaient au courant ? S'ils connaissaient les conditions dans lesquelles nous travaillons ? Les saloperies que nous entendons tout au long de la journée sur notre physique ? Que nous sommes tolérées dans une brigade pour rassurer des responsables des ressources humaines à la recherche de quotas ?

Olympe avale une gorgée, pensive.

— Eh bien, la plupart diraient que c'est l'école de la vie, que c'est ainsi qu'on apprend. À la dure. Certains, moins nombreux, refuseraient d'aller dans ces restaurants. Quand tu rends visible aux yeux du public ce qu'il se passe en coulisses, tu peux espérer que cela change un peu les choses.

— C'est exactement ça ! exulte Simone. Imagine si, en plus de ton assiette, tu recevais un petit mot avec marqué dessus : *Mon chef m'a recrutée parce qu'il préfère mes seins à ma cuisine.*

— Je ne suis pas sûre de l'effet escompté, tu repartirais peut-être avec une collection de 06.

Simone rit nerveusement.

— Peut-être, mais tu vois bien où je veux en venir. Ces chefs célèbres qui se réfèrent à leurs mères pour parler cuisine et qui en interdisent l'accès aux femmes. On est d'accord qu'il y a un problème, non ?

Olympe approuve, après tout, c'est pour ça qu'elle a quitté son poste.

— Simone, je suis d'accord avec toi. Mais il faut un peu de temps pour faire s'effondrer un empire. La gastronomie française est un monument pompeux et poussiéreux, et les gens sont dépourvus de mémoire.

— C'est-à-dire ?

— Est-ce que tu entends souvent parler du rôle qu'ont eu les femmes dans la cuisine ? Est-ce que toi-même tu te sens liée aux Mères lyonnaises qui ont mis les femmes derrière les fourneaux plutôt qu'en salle ? Non. Moi non plus, d'ailleurs. Je suis inspirée par d'autres modèles. Peut-être que le problème commence là. Nous ne faisons pas le lien avec elles. Et pourtant, crois bien que, en 1930, il en fallait pour oser se lancer.

— Mais aujourd'hui aussi, qu'est-ce que tu crois ?

— Exactement, rien n'a changé. Nous sommes confrontées aux mêmes difficultés. Tu expliques ça comment ?

Simone tchipe, ce qui n'est jamais bon signe.

— Par notre propre incapacité à nous soutenir, j'imagine ? D'ailleurs, ça n'est pas difficile, regarde-la, elle…

Joignant le geste à la parole, elle dépose le journal devant Olympe, laissant apparaître le visage d'une cheffe maquillée, souriante et sûre d'elle. Olympe fait la moue, et un clin d'œil dans le même temps.

— La meilleure d'entre nous, je présume.

Simone inspecte la théière.

— Tu plaisantes, j'imagine ? Je suis passée par sa brigade. Elle hurle à longueur de journée pour marquer son autorité, à défaut de son territoire. Une hyène en tablier blanc. Elle est encore pire avec les femmes. Pour peu que tu sois plus mince et plus jeune, tu es bonne pour te taper toutes les corvées.

On en était donc là, aidées d'aucun côté. Et sans alternative.

— Tu sais ce qui était écrit sur le chariot de courses de la Mère Léa ? *Attention, faible femme, mais forte gueule.* Je crois en ça. On ne révolutionnera pas le milieu, mais on peut en sortir et surtout créer quelque chose de nouveau.

— Olympe, tu réalises quand même que la première femme triplement étoilée, c'était en 1933 ? Et la dernière en 2007. Rien n'a bougé en soixante-quatorze ans. Et ça ne s'arrange pas, preuve en image.

Elle sourit. Simone réplique :

— Je te fais rire ?

— Oui, non, je pensais à Paul Bocuse.

— Paix à son âme.

— Je me demandais si pendant son apprentissage chez la Mère Brazier, elle lui avait imposé des corvées…

— Comme ?

— J'en sais rien, traire les vaches, faire le repassage et la lessive, par exemple.

— Même si c'était le cas, je ne me sentirais pas vengée pour autant.

— Tu veux te venger de quoi, de qui ?

— De l'hypocrisie ambiante, des chefs féminins et masculins qui détournent les yeux et font des chèques.

— Vaste projet…

Simone allume une cigarette, la mélancolie dans les yeux.

— Tout ça me fait penser à Joséphine. Tu as des nouvelles ?

— Quelques messages tout au plus. Et toi ?

— La même chose. Et tu la sens comment ?

— Un peu lâche et très remontée. Un mélange détonant. Mais ça n'est pas ça qui m'inquiète, et c'est pour ça que je voulais te voir.

Olympe se lève et récupère son ordinateur ainsi que son portable. Elle ouvre la page de ses mails et en sélectionne plusieurs. Puis tend le tout à Simone.

— Je reçois depuis plusieurs jours des messages en provenance de différentes brigades concernant Joséphine. Visiblement, les gens parlent…

Simone fait défiler les mails, découvre des noms, reconnaît une signature. Toujours et encore les mêmes questions. Comment va Joséphine ? Que s'est-il passé ? Licenciement ou autre chose ? Si ces interrogations sont classiques lors d'un départ, Simone demeure étonnée par leurs provenances. Joséphine est certes connue dans le milieu mais sa renommée n'a pas atteint une telle proportion.

— Qu'est-ce que ça t'inspire ?

— Que quelqu'un s'interroge, et que ça remonte jusqu'à moi car on connaît notre amitié.

— Tu en as parlé à Jo ?

— Non, pas avant de savoir d'où ça vient. Toi qui aspires à une révolution, on en est peut-être plus près que ce que j'imagine.

— Et Joséphine dans tout ça ?

C'est bien le sujet. Jo, dans tout ça. Elle n'a pas l'âme d'une porte-parole et encore moins celle d'un modèle. Une héroïne ? Pourquoi pas. Ça risque d'être lourd à porter. En plus du reste.

Simone reprend ses esprits.

— Tu imagines, si on pouvait les faire tomber ?

— J'en frissonne, mais j'imagine aussi les conséquences de part et d'autre sans oublier toutes les autres batailles à livrer.

— Tu penses à quoi ?

— Des restaurants qui ferment, des brigades virées. L'économie, ma chérie, ça reste encore le nerf de la guerre. Encore plus quand il est question d'inégalités. Irons-nous jusqu'à les faire choir ? Sachant que leur défense sera de tout tenter pour nous entraîner dans leur chute ?

— Ça se réfléchit, ça s'analyse. J'en parlerai avec No.

— La collaboration se passe toujours bien ?

— Oui, c'est réjouissant. Et il y a mieux.

— Quoi donc ?

— Il lui a écrit !

Olympe lève les yeux au ciel. Une femme sourde aux hommes. Un homme qui murmure ses mots plus qu'il ne les prononce. Le couple idéal pour une rencontre.

— Tu es sûre que c'est une bonne idée ?

Simone s'empourpre.

— Je n'y suis pour rien, pour une fois. Même si je t'avoue que l'idée m'amuse !

Olympe s'approche, soupçonneuse.

— Tu n'y es pour rien ?

— Juré. Je pourrais cracher sur ton tapis, mais je suis trop bien élevée pour ça.

Un bruit de messagerie interrompt leur conversation. Olympe fronce les sourcils puis tend à Simone son ordinateur.

— C'est confirmé : quelqu'un cherche bien Joséphine.

Sur l'écran, le texte est sans équivoque.

Urgent : Je dois joindre Joséphine Ikeda. Révélations à suivre.

Un numéro de téléphone conclut le message.

— Qu'est-ce qu'on fait, maintenant ? interroge Simone.

Olympe s'empare de son téléphone.

— On enquête, ma grande. On découvre qui est à l'origine de cette prose et on fait le lien avec Joséphine, si nécessaire. Pour le moment, protégeons-la de tout ça.

La carpe

Poisson des rivières et des étangs d'Europe et d'Asie, élevé pour sa chair et dont certaines variétés sont appréciées des aquariophiles.

J'ai la nuisette par-dessus la tête et les cheveux en bataille. Emberlificotée, je dénoue mes pensées en faisant retomber délicatement la couette. J'aime ce léger frisson en sentant l'air passer près de ma peau. Depuis ma transformation dans l'église, dont on rit à gorge déployée avec Pierre, je commence à aller mieux. Réellement mieux. J'ai évacué la haine. Et surtout, je viens de passer quarante-huit heures entre les casseroles, le fait-tout et la cocotte en fonte d'un autre âge. J'ai vidé tous les placards, inspecté tous les recoins, éventré le garde-manger. Et j'ai cuisiné comme une possédée. Pierre, tout à sa joie de me revoir derrière les fourneaux, m'a interrogée sur mon envie de vengeance. Ça le taraude, mon Pierre. Il est le genre d'ami à briser des genoux si on touche à mon cœur. Alors mon corps… Son regard se pose plus souvent sur moi. Il ne me couve pas, mais il s'affole au moindre de mes mouvements. Il décrypte mes souffles et ça m'oppresse un peu. Il m'écrit :

J'ai peur pour toi, Joséphine, que tu fasses une connerie, que tu ailles trop loin.

C'est dire s'il surestime mes capacités. Alors, pour le faire rire autant que pour le faire flipper, je lui expose des stratégies et des plans plus fous les uns que les autres. De l'enlèvement à la séquestration, tout y passe. Entre deux plats, je lui dépeins des scènes sordides dont je sors forcément victorieuse. Malgré mes oreilles fainéantes, nous sommes toujours au diapason. Il y a quand même quelque chose qui me triture le ventre. J'ai envie de lui plus que de raison. J'ai envie de lui, pour les mauvaises raisons. Il ne m'entend pas, je le ressens trop.

Ma confession frénétique a décuplé ma capacité à distinguer des sons nouveaux. Le vent, la cuillère contre la soucoupe, les enfants qui jouent sur la plage de la petite grève. J'y passe le plus clair de mon temps. Marcher entre deux pointes, Kermor et Kerarzic. Me poser à la plage et attendre. Ici, le marnage est parmi les plus puissants du monde. Les jours de fort coefficient, l'amplitude de l'eau peut atteindre douze mètres. Ici, le temps ne compte pas. Seule la marée dicte les secondes. J'y mange des huîtres les fesses dans le sable, de manière peu orthodoxe. Quand la marée est basse, je me dissimule pour éviter les pêcheurs à pied, nombreux dans le coin. J'ai peur qu'on me reconnaisse. Sur le sentier des douaniers que je fréquente au coucher du soleil, je cache un peu plus mon visage. Je trouve toujours où m'asseoir pour regarder la nuit tomber sur l'île Saint-Riom. Petite, je la croyais hantée. Abandonnée par des moines au XIIIe siècle, j'imaginais que des esprits farceurs en avaient pris possession. Surtout les soirs de grand vent. C'est un lieu fait pour les légendes. En réalité, une île privée avec maison d'hôtes de luxe. Dix hectares pour des Robinson Crusoé friqués. Je rêverais, juste une fois, d'en voir le potager...

Hier soir, j'ai pris une décision, je vais retrouver mes parents. Je ne pensais pas que ça arriverait si vite. Mais je ne peux pas rester avec Pierre. Je m'en veux de cette envie déplacée. Je me trouve ridicule de me cacher d'eux. Et puis, je le sens capable de pacifier ma contre-attaque. Alors, je le quitte. Je fuis la tendresse des pains au lait le matin. Il me regarde faire. Il a préparé un seul post-it sur la table en chêne.

Si tu as besoin de l'asile politique, tu sais où me trouver.

Je le serre dans mes bras trop chargés. Lui murmure des mots confus. On se sépare de huit cents mètres. La distance qu'il me faut pour agir et avancer.

Je lui ai laissé un message sous son oreiller. Mes preuves d'amour sont au frigidaire : harengs à l'huile et petits oignons, coquilles Saint-Jacques au yuzu et un riz au lait, le seul dessert que je maîtrise correctement. J'ai ressorti mes couteaux l'émotion au ventre, me demandant s'ils allaient m'en vouloir de les avoir si longtemps délaissés. Santoku a fait la tête quelques secondes avant de s'attaquer aux poireaux. Déba n'a fait qu'une bouchée des harengs. J'ai manqué de me couper avec Yanagiba. J'y ai vu un peu de perfidie de sa part, et une marque de tristesse. Je lui avais manqué. En détachant la chair de la coquille, j'ai vu ma main trembler. Mon bras armé a pourtant vite retrouvé ses réflexes. J'ai aimé ça, sentir cette maîtrise. C'est là que j'ai commencé à ouvrir tous les placards.

Je ferme la porte et respire un buisson d'immortelle. Cette plante, c'est l'été en terre. J'en arrache quelques brins que je glisse dans ma poche. Quelques autres encore parce que je me demande si ça peut être bon en cuisine. Et j'avance. Bulle a retrouvé son aquarium de voyage. Elle ne semble pas apprécier sa condition. J'ai l'impression qu'elle prend du poids. Elle tente de tourner prestement dans son bocal. En vain. Je vais me dépêcher d'arriver. Je marche tant bien que mal en direction de la pointe de Guilben, vers le port de Paimpol. J'ai prévenu Olympe et Simone de mon changement d'adresse. Je les trouve moins présentes à mes côtés. Mes Parisiennes trament quelque chose. C'est louche. Ma valise cogne mes genoux et l'aquarium manque me glisser des mains. Je m'arc-boute. Hors de question de lâcher, d'autant que ce qui m'attend sur le quai risque de provoquer de nouveaux remous. Ce matin, j'ai reçu un nouveau message de No.

Bonjour Joséphine, je ne voulais pas être maladroit. J'aimerais juste pouvoir te parler.

Si j'avais No en face de moi, je ne parlerais pas. Je savourerais sa bouche. Je suis axée sur mes sens. Je ne me soucie pas de savoir si c'est mal. À vrai dire, je n'ai pas d'alternative, pas plus que de réponses de médecins féminins. Je vais lui écrire. Plus guidée par l'envie de sa peau que par le souhait de le connaître. Je m'autorise ça. Je l'envisage comme une thérapie. Séduire sans entendre l'autre, prendre et fuir. J'imagine que ça me donne un sacré pouvoir, dans le fond. Isabelle, l'assistante de mon généraliste, m'a laissé un long message pour s'enquérir de mes nouvelles. J'ai trouvé ça gentil. Elle voyait dans ma maladie une opportunité de vivre pour soi. Peut-être qu'elle a raison et que j'en prends enfin conscience.

J'arrive trop vite au port, à mon goût, et je souris malgré moi de cette image de carte postale. Je reconnais sa silhouette. Mon père, solide, négocie l'arrivage du jour. La porte du restaurant est ouverte. Rentrer, l'attendre ? Je m'engage dans la salle. Quinze couverts et le bar. Un mouchoir de poche quand je repense au lieu où j'officiais. Maman surgit de la cuisine alors que je barbote dans mes songes.

— Joséphine ?

Le reste de ses mots se perd. Elle me serre contre elle avec rigueur et tendresse. Ses mains cherchent un appui. Je constate qu'elle a des cheveux blancs et de nouvelles rides sur le front. C'est une embrassade infime et chronométrée. Les sentiments ont un temps. Elle m'installe face à elle et m'inspecte. C'est sa manière de m'aimer. Tout chez elle est factuel. J'aimerais comprendre pourquoi.

— Tu as vu ton père ?

— Oui, sur le port.

— Tu lui as parlé ?

— Maman, je t'ai dit que je n'entendais plus les voix d'homme.

— Oui, mais c'est ton père, quand même.

Ma mère résumée en une phrase. Pour elle, j'ai la maladie sélective. Je fais un caprice. Et que mon père soit un mâle n'est pas un sujet. Je la trouve drôle dans son incompréhension. Tellement conditionnée, aussi. Ça m'a toujours révoltée. Aujourd'hui, je ne suis pas en position de donner des leçons : j'ai été comme elle. Soumise à une voix. Maintenant qu'elle n'est plus audible, sauf parfois dans ma tête, vais-je être capable de m'y retrouver ? Mon père entre, quatre cageots sur son diable. Carrure de leader. Le temps l'oublie. Ou alors, l'alcool de riz conserve. Il me regarde. Sourit brièvement pour disparaître dans la réserve. Voilà, on appelle ça des retrouvailles. La vie avant les effusions. Je grimpe à l'étage pour déposer mes affaires. Ma chambre est toujours là, figée et propre. Au cas où je déboulerais sur un coup de tête. Maman ne semble pas surprise de me voir arriver plus tôt. À peine inspecte-t-elle ma valise. Sait-elle déjà que j'ai menti. Un bouquet de camomille est posé sur la table, à côté d'un cahier que je ne connais pas. De nouvelles recettes, j'imagine ? J'installe Bulle sur mon bureau. Je partirai plus tard à la recherche d'un autre aquarium. Délestée de mon bagage et pas plus étonnée de cet accueil, je respire un grand coup, cherche mon téléphone et j'écris.

> No, parler avec moi, c'est comme parler à un mur. Je n'entends pas les hommes. Et tu en es un. Ça me charme et me désespère dans le même temps. Tu n'as, par ailleurs, pas l'air loquace, et je redoute les blancs dans une conversation…

Je peux faire preuve de plus de douceur mais… On frappe à la porte. Le capitaine se tient dans l'encadrement. Il me regarde en silence et m'invite à le suivre. Les marches, la salle, la cuisine. Qu'il ferme la porte derrière moi m'inquiète. Je me soigne mais je ne suis pas guérie. Il me tend une feuille, le visage impassible. Une question. Tout ce que je n'imaginais pas.

Cuisine avec moi ?

Il n'y a pas de pronom personnel, pour quoi faire ? Derrière l'interrogation se dissimule l'ordre. Je fais preuve d'ouverture d'esprit. Disons, de volonté. Le contenu des cageots finit de me convaincre. Poissons à tous les étages. Et puis maman va pouvoir souffler un peu. J'attache mes cheveux et me lave les mains. Le tablier m'attend. Un aller-retour dans ma chambre pour récupérer mon matériel. À peine les couteaux posés sur la table que mon père s'en saisit pour vérifier l'état des manches et des lames. L'affûteur n'est pas loin. Je vois ses lèvres bouger et son regard franc vers moi. À part hausser les épaules, je ne vois pas quoi faire de plus. Crayon à la main, je liste les maquereaux, les soles, quelques homards bleus, des Saint-Jacques, encore. Les automatismes reviennent, les réflexes aussi. Un coup d'œil au tableau m'indique déjà dix couverts pour 12 h 30. Et deux plats à emporter. La carte n'est pas encore prête. Le général se verse un café et attend mes propositions tout en lançant la musique. La voix de Yumi Matsutoya emplit l'espace. Je crois que c'est la première fois que je l'entends mettre cette artiste que maman adore. Ou alors j'ai oublié. Il dodeline de la tête en tapant du pied en rythme. Je n'ai jamais été une grande fan des chanteurs japonais. Je méconnais d'ailleurs toute une partie de ma double culture. Maintenant que j'ai le temps, il serait bon de m'y intéresser. Mais plus tard, car je sens mon père s'impatienter. Sole snackée en sushis, filet de maquereau express mélangé au gros sel, citron vert et yuzu. Homard bleu vinaigrette coriandre et miel, et, pour finir, coquilles Saint-Jacques au shichimi togarashi. Je lève les sourcils en tendant le menu.

Un mouvement du menton, il quitte la place tout en montant le son. Pas le temps de m'attarder. Seul salut, le cuiseur à riz déborde. J'avise la remise et y attrape des courgettes, des radis ronds, des herbes. La découpe des légumes dans la cuisine japonaise tient de l'art. J'attrape Nakiri, mon couteau de forme rectangulaire, et opte pour une découpe sengiri, la plus facile à mon sens puisqu'il faut former des lanières. Maman serait là, elle composerait des légumes hanagiri, en forme de fleurs, ce que je trouve particulièrement kitsch. Elle adore, papa consent, donc je ne dis rien. Je prévois de faire les soles aller-retour à la poêle, snackées juste comme il faut. Je lève les filets sans respirer. Mes mains toujours agiles me guident. Et quand j'inspecte les peaux, j'ai cette satisfaction de ne voir aucun morceau de chair gâché. La marmite d'eau salée bout devant moi, j'y jette les homards en détournant le regard. Je pense à Bulle dans son bocal. Verrait-elle d'un bon œil cette activité ? Trois minutes à gros bouillons chassent cette image, je rafraîchis les bestiaux bien cuits et laisse les pinces quelques instants de plus. Je les découpe en deux, de la tête à la queue, puis les badigeonne de beurre pommade et les dispose dans un plat. Je n'aurai qu'à les enfourner à 220 degrés pendant quatre minutes avant de les décortiquer et de les réserver.

Satisfaite de mon avancée, j'envisage la possibilité d'aller m'en griller une. Avant de réaliser que mes sauces ne sont pas faites. 11 h 15 sonnent. Coriandre, miel, gingembre sont disposés sur le plan de travail. Ne manque que le poivre aux sept épices, à base de piment. Pas de commis, pas de maître saucier. Repartir de la base et être une femme-orchestre. J'aime l'idée et vraisemblablement, je m'en sors.

— Maman ? Je ne trouve pas le shichimi togarashi !

Bruit de pas dans le couloir.

— Il est à sa place.

Elle ouvre un placard que j'ai pourtant inspecté deux fois.

— Où est ton père ?

— Dehors, dedans, au PMU ? Je n'en sais rien. Il a validé le menu et a disparu.

— Il t'a laissé la cuisine ?

— Oui.

Maman me porte un regard inquisiteur.

— C'est toi qui as proposé de prendre le service ce midi ?

— Non, c'est lui. Enfin, proposé, c'est un bien grand mot. C'était une gentille imposition.

— Ton père se fait du souci, il ne comprend pas ce qu'il t'arrive.

— Et me lâcher ici est sans doute la meilleure façon de répondre à mes maux, j'imagine.

Maman soupire, à demi-mot et en japonais.

— Ça n'est pas une critique. Mais je m'attendais à un autre accueil.

— Un autre accueil, alors que tu es là depuis trois jours et que tu ne nous as rien dit ? Estime-toi heureuse que je t'aie ouvert la porte. Moi, ta propre mère, je t'ai vue sur la plage de la petite grève. J'ai cru à une erreur.

Prise en flagrant délit comme une adolescente fugueuse. Je pose le couteau et m'essuie les mains.

— Maman, j'avais besoin d'un peu de temps. Je pensais que rester chez Pierre me ferait du bien. Et c'est le cas. Je vais déjà mieux.

— Pierre, tu aurais dû l'épouser il y a longtemps !

Éternelle rengaine.

— Maman, on ne va pas reparler de ce sujet. Pierre et moi sommes amis, c'est tout.

— Oui, et du coup, regarde-toi, tu as trente ans passés, tu n'es pas mariée et tu n'as pas d'enfants. Et en plus, tu n'entends plus les hommes ! Qu'est-ce qu'on va faire de toi ?

Elle se tord les mains comme la vieille femme qu'elle n'est pas. Son souci me chagrine et m'amuse en même temps. Elle enchaîne :

— Si ta grand-mère était encore là, elle saurait quoi faire.

— Grand-mère n'était pas médecin.

— Non, mais elle aurait trouvé un homme bon pour toi, que tu aurais été heureuse de servir. Tu ne serais pas allée travailler jusqu'à t'en rendre malade et tu aurais pu élever tes enfants.

Que maman soit systématiquement en boucle avec ce refrain rétrograde est un fait auquel je suis habituée. Qu'elle choisisse systématiquement le mauvais moment pour me le transmettre est un problème. Je ne me mets plus en colère, je ne compatis plus. Je n'essaie pas de comprendre par ailleurs.

— Écoute, vivre ta vie n'est pas mon souhait. Mais je te promets de me pencher sur la question du mariage après ce service.

Ça lui coupe net la respiration.

— Tu es sérieuse ?

— Non, mais c'est un moyen sûr d'avoir la paix cinq minutes. Qu'est-ce que tu veux que je fasse d'un homme dans mon état, maman ? J'atteins l'orgasme toute seule et je sais monter une étagère Ikea…

— Joséphine Ikeda, ne me parle pas sur ce ton. Nous en rediscuterons.

Elle sort à la fois courroucée et choquée, me laissant hilare devant mon plan de travail.

Elle ne prend même pas la peine de repasser une tête pour m'asséner :

— Et tu rangeras ta chambre !

Maman est décidément impayable. Voir, entendre et se taire sont les piliers de son existence. Je sais pourquoi je suis partie. Pour ne pas lui ressembler. Il y a de la retenue dans tous ses dires. Elle a la colère élégante. C'est pour ça que je ne lui en veux jamais. Enfin, jamais bien longtemps.

Il est midi. Les assiettes sont disposées pas loin de moi. Les sauces prêtes. Les mets découpés. Quinze couverts, une reprise en douceur. Je me confirme deux choses : je ne veux pas cuisiner seule. Mais je ne veux plus d'une autorité extérieure pour m'indiquer comment travailler. J'apprécie que papa me laisse la place. Il vient me voir alors que les premiers clients arrivent, affamés et joyeux. Inspection rapide et un nouveau mot. Feuille A4 bien trop grande pour sept lettres.

À ce soir.

Le maigre

Le maigre, ou courbine, parfois surnommé grogneur,
est une espèce de poissons marins de l'Atlantique
et de la Méditerranée, de la famille des sciénidés.

La bouteille de shochu est sur la table. Maman est dans son lit. Il y a deux verres et plus de clients. Yumi a terminé de chanter. J'ai laissé la même bande-son pour le service du soir. La litanie de ces mots m'enchante et me réconforte. Papa ferme la porte à clé. Cette fois, je ne frissonne pas. C'est celle de l'entrée. Cette journée extraordinaire dans son déroulé va prendre fin. J'attrape un gilet qui traîne dans un fauteuil et j'attends l'invitation. On ne se refait pas. Papa tire sa chaise et me fait un geste. Il a à la main un crayon, des feuilles et son vieux téléphone rafistolé. Mon père ne converse pas en général, il ordonne, et le monde suit. Je lui tends le mien, que je passe en mode avion, pour me lier à lui. La salle était belle ce soir. Deux fois trente couverts et cette joie intacte d'être aux manettes. La même récompense, les assiettes vides et quelques clients joyeux qui viennent me remercier.

« Votre père a eu raison de vous abandonner ses fourneaux, c'était délicieux », m'a dit une habituée.

Bruit de bouchon, le liquide est versé dans des verres taille dînette. Papa boit cul sec, tant par habitude que pour sourire à la geisha dénudée qui orne le fond. Je l'imite, en grimaçant un peu. L'un de nous doit commencer.

— Papa ? Merci, j'ai aimé cuisiner. J'ai retrouvé du plaisir, et ça ne m'était pas arrivé depuis longtemps.

Je nous reverse un verre. Il faut noyer l'émotion. Papa va pour écrire, hésite. J'insiste et lui montre la fonction « dictée ». Pendant que ses lèvres s'agitent, j'essaie de comprendre, de capter un son. Il me tend le téléphone.

Tu as bien travaillé, Joséphine.

Ça manque de ton et de nuances. Ça manque de vie. Mais je prends. La reconnaissance de mon service exprimée sans fioritures. J'ai été efficace, on me le dit. C'est quand même un peu léger. J'aurais aimé un retour sur ma technique, sur la découpe des poissons, sur le dressage. Papa n'est pas un expert. Sa satisfaction, c'est des clients qui paient et qui reviennent. Point.

Il me donne à nouveau le téléphone.

Ta mère s'inquiète pour toi. Elle a peur que tu termines vieille fille.

Je trouve ça tellement incongru que j'éclate d'un rire peu charitable. Résumons : je n'ai plus de travail, un sens qui vadrouille dans la nature, et le seul drame de ma mère, c'est que je meure célibataire.

— Tu sais, papa, être seule n'est pas grave, le chômage en revanche, c'est plus chiant.

Froncement de sourcils paternel. Surveille ta langue, Joséphine.

— Ce que je veux dire, c'est que je n'ai pas besoin d'un mari pour être heureuse. Par contre, j'ai besoin d'être active. Mon bonheur est là, c'est quand je suis utile et que je m'accomplis, tu comprends ?

Papa ne répond pas et descend un deuxième verre. À croire qu'il me prépare quelque chose que je ne veux pas entendre. Allez, cul sec, Joséphine.

Est-ce que tu sais pourquoi nous avons quitté le Japon ?

Non. Je ne sais pas. Je n'ai jamais posé la question. Je sentais, petite fille, une omerta énorme sur le sujet. Ou alors, on a tenté de m'expliquer et je n'ai pas compris. J'ai peut-être loupé une étape de compréhension. Je me dis simplement que tout est ma faute. Peut-être que j'ai fait, moi aussi, la sourde oreille à mon histoire. Papa dicte, et dicte encore, et j'ai peur de ce que je vais lire.

Nous sommes partis pour être heureux tous les deux. Puis avec toi. Ta mère était persuadée que nous aurions une fille. Elle ne voulait pas que tu grandisses avec les mêmes contraintes qu'elle.

Quelles contraintes ? Dans l'histoire familiale, je n'ai entendu parler que de ma grand-mère maternelle, elle aussi déjà en cuisine, plutôt bienveillante et autonome. Mi-hippie, mi-harpie pour certains. Et je suis sûre au fond de moi qu'elle devait être un peu sorcière. C'est pour ça qu'on la laissait tranquille.

Tu sais ce qu'est le joshi ryoku ?

Ça ferait un joli nom pour un cocktail… J'avoue mon ignorance en haussant les épaules. Papa devient bon en dictée, tout cela sans se départir de son allure martiale.

Le joshi ryoku est le pouvoir féminin absolu des Japonaises. Savoir coudre, préparer le repas, s'occuper des enfants. C'est comme ça que tu deviens une bonne épouse, en développant ton joshi ryoku.

Il ponctue son affirmation d'une nouvelle rasade pendant que les bras me tombent.

Je tends mon verre et ajoute :

— Pour ce qui est de la cuisine, je suis déjà pas mal, non ?

Papa se lève de table et commence à faire les cent pas, mon téléphone à la main. Sauf qu'il tourne la tête à certains moments. Je me demande si je vais avoir un texte à trous ou bien avec des inventions orthographiques.

Ta mère a été élevée comme ça. Pas par ta grand-mère, mais par ceux qui l'entouraient. Ta mère a toujours été belle. Courtisée, même. Avant qu'on se marie, certains garçons lui disaient que si elle ne savait pas faire d'enfants, ils pouvaient lui montrer. On est partis pour ça. Mais ces mots, ces blessures restent. C'est pour ça que ta mère est inquiète.

Je ne peux que comprendre. Les mots qui blessent et qui restent. J'aimerais lui confier ça, mais il continue. Nouvelle tournée.

> Au Japon, une célibataire sera toujours perçue comme perdante dans une société où le statut des femmes dépend de leur mariage. Souviens-toi, Joséphine, « le clou qui dépasse appelle le coup de marteau ». Je te l'ai dit souvent, non ? C'est parce que ta mère et moi, on a aussi vécu ça. Le regard des autres, les messes basses, la réputation familiale. N'oublie jamais une chose : au Japon, on a le devoir de ne pas déranger les autres, même si c'est au détriment de sa propre vie. Tu es née ici, mais tu restes avant tout japonaise, tu n'as pas oublié, quand même ?

Il s'approche de moi et me touche les épaules. Non, je n'ai pas oublié, papa, on m'a renvoyé mon identité au visage pendant de longs mois. Je n'avais juste pas intégré ça, le limitant tout au plus à mes deux passeports. Je n'ai pas imaginé le poids d'une tradition à mes yeux de moitié d'Occidentale, qui n'a gardé de son métissage que l'aspect folklorique. Non, je ne sais rien. Enfin, pas encore. Cette conversation va m'empêcher de dormir. Pour le moment, j'écoute.

Qu'ai-je donc fait de ma moitié japonaise ? Présente dès mon visage et dans ma physionomie ; dans ma cuisine aussi, bien sûr. Mais pour le reste ? Je parle la langue, mais je ne comprends pas les codes. Je ne connais pas mon histoire. Je l'ai effleurée. La mienne, avec un *h* minuscule, et celle de ma famille. Je n'avais pas le temps. Aujourd'hui, je n'ai plus d'excuses. J'ai envie d'en savoir plus, de creuser davantage. Mais papa semble ailleurs.

— Papa, on peut continuer ?

Demain, m'écrit-il avant d'enchaîner : Au dîner, on fera de la barbue. J'ai mis une option sur un bel arrivage.

Une tape dans le dos, un dernier conseil. Et il part.

N'oublie pas d'éteindre la lumière.

Il a laissé la bouteille, mais sans lui ça n'a pas le même charme. Je pensais retrouver mes oreilles auprès de Pierre, et c'est le capitaine en personne qui sème des cailloux dans le chemin de ma compréhension. L'alcool et la fatigue me font percevoir des vibrations. De la barbue donc, pour le dîner. Je comprends que papa se réjouisse. Ce poisson plat qui s'ébroue sur les fonds sablonneux est bien souvent confondu avec le turbot. Rien à voir en matière de fermeté de la chair et de découpe. Je vais la préparer à la vapeur pour conserver son côté moelleux. Garder les barbillons en amuse-bouche. La présenter nacrée avec des épinards et peut-être une feuille de pak choï, si j'en trouve ici. La barbue est un poisson gaucher. Posez-la sur une planche, bouche vers la gauche, et vous verrez ses yeux apparaître au-dessus de son improbable sourire.

Je tourne l'interrupteur pour rester dans le noir. Les bourdonnements s'amplifient. C'est désagréable et j'y vois un progrès. Je grimpe l'escalier. Dans la chambre parentale, on fredonne un air populaire. Je ne perçois que des bribes assez aiguës pour me scier le tympan. Je me brosse les dents et m'allonge tout en faisant voltiger les vêtements autour de moi. Des messages clignotent, je suis trop éprouvée pour lire. Les prénoms de Simone, de No et quelques numéros inconnus s'affichent. Je masse mon visage et ma mâchoire. Je triture mes maxillaires tout en bâillant. Allongée et nue comme un ver, je cherche à retrouver de la fluidité. Dans mon corps, d'abord. Dans mon esprit, peut-être. Est-ce que j'aurais pu avoir cette conversation avec mon père avant ? Ça m'obsède. Je suis curieuse de tout, sauf de moi. Je ne me penche pas vers le passé. J'ai longtemps pensé que je n'avais rien à y découvrir. Et si tout partait de là ? Ma surdité et le reste. Ne pas entendre ses intonations m'a rendu la discussion agréable. Ne plus capter le ton, c'est perdre la substance de l'émotion. Je ne suis pas secouée, je suis lucide.

Ses propos sur maman font un drôle de chemin en moi. Je l'imagine jeune et belle. J'ai quelques photos à la maison, ça m'aide un peu. Qu'on la désire assez pour lui expliquer comment faire des enfants me révulse. Qu'on la veuille et qu'on la trouve utile pour son ventre plutôt que pour ses fesses m'interroge. J'ai vécu l'exact opposé. On a toujours souhaité mon corps pour la jouissance, mais jamais pour m'épouser ou me faire des enfants. Trop d'ennuis en perspective. La violence est pourtant la même. Être espérée pour ce qu'on ne veut pas. Pour une image qu'on réfute. A-t-elle dit oui à mon père par amour ou pour échapper à ça ? Ai-je vraiment choisi la cuisine ou juste voulu faire suer mes parents, qui me destinaient à une carrière universitaire – « pas trop longue », avait dit maman ? Je comprends pourquoi aujourd'hui. Trop d'études, trop de grades, c'est autant d'années sans mari potentiel. J'ai fait un choix pour être libre. L'était-il réellement ?

L'alcool désinhibe mes pensées. Que je sois sourde à son souffle n'a pas empêché le capitaine de prendre le temps de m'expliquer d'où je viens. Mon père est moins bourru que dans mes souvenirs. Et moi, plus fragile. Une association cohérente. Demain, je vais essayer d'attacher plus de vigilance à ses yeux. Ce soir, je n'étais concentrée que sur ce condensé d'informations inédites. Ma situation m'oblige à une attention permanente. Ces efforts m'épuisent. Mes oreilles me font mal. Je cale un oreiller de chaque côté de ma tête. Mais c'est d'un coup mon corps qui est bruyant. Ma respiration, l'air dans mes poumons, la lymphe dans mes jambes. Tout me semble rejaillir à la surface. Je m'effraie. Bien sûr que c'est dans ma tête. Seule dans mon lit une place, je suis en train de me dire que je ressemble à ma mère. Et que j'avais imaginé beaucoup de choses. Tout sauf ça. Je lui reproche tellement son attitude, sa soumission, sa tête baissée. Du jugement, encore et toujours. De celui que je condamne et que je provoque pourtant. Qu'on m'adresse aussi. Y a-t-il un lien entre les propos qu'on lui a dit et ce qu'on m'a fait ? Au creux de la nuit, j'y vois la puissance de certains hommes et le poids des traditions. J'y décèle surtout une zone blanche, celle qui fait que je suis dans ma chambre de jeune fille à des kilomètres de mes envies d'indépendance.

Est-il trop tard pour avoir cette pensée pas si absurde ? Un homme qui tente et qui rate sera toujours célébré pour son audace. À une femme qui fait de même, on demandera pourquoi elle a voulu essayer. J'attrape un troisième oreiller que je colle sur mon visage. Qu'il est détestable de s'entendre penser. J'adresse un dernier regard au miroir avec cette question : qui est donc cette brune dans mon lit, que je connais si mal ?

La barbue

Poisson marin à chair estimée, voisin du turbot.

— La Barbue ? Tu es sérieuse, c'est comme ça que tu la surnommes ?

Simone s'étouffe dans son verre.

Olympe acquiesce en silence devant son cocktail. La Barbue, elles vont l'avoir en face et, pour le moment, elles ne savent pas si c'est une bonne chose.

— Elle a bon goût en tous les cas, souffle Simone en admirant la vue depuis le roof-top. Quoique pas très discret pour une première rencontre.

— Je ne la sens pas en recherche de discrétion, si j'en crois nos échanges. Cette fille aime être vue. Et non, ne tchipe pas, je sais que tu vois cet entretien d'un mauvais œil.

Sur la terrasse de l'hôtel Raphael, Simone et Olympe attendent la personne qui cherche partout à rencontrer Joséphine. Simone l'aperçoit en premier, sa lèvre tremble. Elle et la Barbue se connaissent et s'apprécient d'autant moins.

— Toi ?

— Moi.

Olympe lève un sourcil.

— Olympe, je te présente Ève, cheffe pâtissière de…

— Je sais où elle officie. Assieds-toi.

Ève s'installe, commande un café. Elle vient sans arrière-pensée. Son passif avec Simone ne facilite pas les choses. Elles sont pourtant du même côté.

— Alors ? s'impatiente Simone. Tu voulais nous voir ?

— Je veux rencontrer Joséphine Ikeda.

— Ça n'est pas possible pour le moment. Considère-nous comme le premier cercle.

— Sa garde rapprochée ?

— C'est ça. Pourquoi tu la cherches ? poursuit Olympe.

— Je veux savoir ce qu'il lui est arrivé.

Olympe pose son verre.

— Tu veux beaucoup, mais qu'offres-tu ?

— Est-ce déjà une négociation ?

— Oui.

Olympe n'est pas Simone. Elle a la colère froide et le regard franc. Ève sait que, avec elle, elle n'aura pas de seconde chance. Là où Simone s'emballe et s'excuse, Olympe ne pardonne et n'oublie jamais.

— Je veux l'aider.

— Aider Joséphine ? Pourquoi, ça n'est pas ton genre, d'habitude.

— Simone, ça ne te va pas, la froideur, engueule-moi si tu veux, mais laisse-moi aller au bout de cette conversation.

— Nous écoutons… Attends une seconde, je vais reprendre un verre.

Le serveur s'exécute en silence.
— Vous savez où je travaille.
— Oui, et on sait aussi avec qui tu couches.
— Ne mélange pas tout, Simone.
— Non, le mélange des mauvais genres, je te le laisse.

Simone éructe. Ève est l'incarnation de tout ce qu'elle méprise. Elle aimerait lui trouver des circonstances atténuantes mais, pour le moment, c'est trop lui demander.

— La brigade parle beaucoup de ce qui est arrivé à Joséphine ce soir-là. De la manière dont elle a été virée avec violence. Des brutalités verbales quotidiennes. Et de l'omerta.

— Continue, indique Olympe, non sans glisser un regard à Simone lui intimant le silence.

Ève allume une fine cigarette. Sa main tourne autour des volutes. Un tic.

— Nous avons toutes connu le management par la peur. Là, c'est trop. La brigade est prête à lâcher le chef, mais seuls, ils ne feront rien.
— Trop lâches ? interroge Simone.
— Trop d'hommes, répond Ève dans un sourire triste.
— Et que vient faire Joséphine dans ton histoire ?
— C'est vrai qu'elle ne les entend plus ?
— Qui ?
— Les hommes.
— Oui, c'est un sujet pour toi ?
— Ça doit lui changer la vie.
— Pour le moment, elle ne partage pas ton point de vue, mais développe.
— Vous savez très bien pourquoi je suis avec lui. Je n'ai pas votre talent. Je me protège.

— C'est déjà bien de l'admettre. Je vais passer au champagne pour fêter ça, annonce Simone tout en agitant la main.

— Il est 15 heures, lui fait remarquer Olympe.

— Oui, il est déjà tard, lui rétorque-t-elle le regard noir.

— Et laissez la bouteille. Bien, où en étions-nous ? Ah oui, j'allais boire à ton aveu… Un toast !

Elle fait tinter la fourchette sur sa flûte.

— Aux garces, et aux autres. Olympe, trinque, nous sommes les autres.

Ève ne dit rien. Elle ne s'attendait pas à un autre accueil. Simone croise sa coupe avec celle d'Olympe tout en lui intimant de continuer.

— Si Joséphine accepte de parler, je me fais fort de retourner la brigade. Et de la réintégrer. Son remplaçant est d'une nullité affligeante.

Olympe tique.

— Tu parles comme lui. « Nullité affligeante. » Ta démarche semble sincère, mais orientée. Je pense qu'au fond, tu ne fais ça que pour toi. Ta réputation culinaire est médiocre, mais tu as d'autres atouts. Tu veux faire chanter celui qui te protège et plutôt que d'assumer, tu te sers de Joséphine.

Olympe boit cul sec et annonce :

— On y va.

Simone, alanguie dans son fauteuil, proteste.

— Mais on vient à peine de commencer !

— Je te rappelle que tu ne voulais pas venir.

— Et tu m'as convaincue. Maintenant, reprends ta place et laisse-la finir. Tu as un plan, j'imagine ?

— Raconter l'histoire de Joséphine. Dans les médias et ailleurs. Utiliser tous les canaux à notre disposition pour mettre fin à tout ça.

— « Tout ça », ça comprend tes parties de jambes en l'air en fin de service ? décoche Simone.

— Crois-tu réellement que j'y prenne du plaisir ?

— Non, mais tu simules bien.

Olympe intervient :

— Encore une fois, je ne vois pas ce que tu gagnes dans la réhabilitation de Joséphine. Tu as pensé aux conséquences ? Son cas n'est pas isolé. Un seul témoignage, malheureusement, c'est trop peu. Il faut taper fort et être nombreuses.

Ève écrase sa cigarette.

— J'ai un bon réseau, je peux me charger de diffuser l'information et m'assurer qu'elle soit reprise.

— Tes ex, j'imagine ?

— Simone…

— Olympe, tu ne vois pas qu'elle nous mène en bateau ? J'en suis à me demander si ça n'est pas lui qui nous l'envoie.

— Je suis venue de mon propre chef. Je veux juste que tout ça s'arrête.

— En gros, tu t'es prise pour une sainte ?

— Tu sais, dans certains pays, sainte ou pute, c'est le même mot.

— D'autant que c'est un homme le patron des cuisiniers, intervient Olympe, saint Laurent, si je ne m'abuse.

Simone approuve.

— Et de quoi aurais-tu besoin pour ce grand projet ?

— Déjà, convaincre Joséphine de témoigner. Ensuite, monter un collectif fort qui puisse relayer le mouvement. Enfin, tout regarder s'effondrer.

— Tu sais qu'on va nous traiter de femelles hystériques et, bien sûr, consentantes au moment des faits ? fait remarquer Simone. Tu es au courant qu'ils se couvrent tous, et que si ça plante, ça va être encore plus difficile pour une femme d'intégrer une brigade ? Et pour Joséphine en particulier.

— Ça ne peut que marcher.

— Tu m'as l'air bien sûre de toi.

— Je le suis.

— Je ne sais pas si ça doit me réjouir ou m'effrayer. Olympe, ton avis ?

— J'imagine qu'on devait en arriver là. Il faut qu'on réfléchisse, et qu'on parle avec Joséphine.

— Ne tardez quand même pas trop.

— Pourquoi ?

— Il vient de recevoir une proposition de job à Dubaï.

— Et alors ?

— Une extradition, c'est moins évident…

— Tu as même pensé à ça ? Tu dois vraiment t'ennuyer avec lui.

— Je sais ce que je fais.

— Et tu comptes faire quoi après ?

— Ouvrir une boulangerie en Ardèche.

— Tu charries ?

Ève se lève. Olympe la retient tout en faisant signe au serveur.

— C'est nous qui partons. Évitons qu'on nous croise ensemble. Si on se revoit, nous t'indiquerons un endroit plus approprié.

Elle marque une pause et ajoute :

— La bouteille est pour toi. Bonne journée.

Elles partent sans se retourner pendant qu'Ève règle. Elle vient de poser la première pierre, pas dupe. Elle sait aussi que l'opportunité est belle. Elle regarde le serveur, qui le lui rend bien, et se rassied.

Sans un regard pour l'Arc de Triomphe, elles descendent l'avenue des Champs-Élysées. Simone se retient d'éclater d'un rire sonore.

— Tu y crois à son histoire, Olympe ?

— Je n'en sais rien. Tout ça me semble trop. Trop facile, trop cousu de fil blanc. Elle n'a rien à y gagner.

— Si, un chèque. Ève est mauvaise sur beaucoup de sujets, mais crois-moi, l'argent, elle connaît. Elle voit là une opportunité de prendre du cash. C'est tout. Pas de calcul, pas de politique. C'est une pragmatique.

— Que tu as traitée de garce.

— L'un n'empêche pas l'autre. Elle fait ce qu'elle veut de son corps. C'est une garce, avec certains principes.

— Et que fait-on pour Joséphine ?

L'une et l'autre savent qu'elle retravaille et que, pour le moment, il n'y a pas de vagues. Pour le reste, c'est plutôt flou. Au niveau du Grand Palais, Simone reprend :

— On ne peut pas ne rien lui dire, imagine que quelqu'un la contacte en direct.

— Je suis d'accord avec toi. Expliquons-lui la situation et donnons-lui le choix.

— Le choix de ?

— De faire ce qui est bon pour elle.

— Tu agirais comment, toi ?

— Moi, j'ai déjà agi, je suis partie, j'ai monté mon affaire. Joséphine n'est pas moi, Simone. Elle n'est pas comme toi non plus.

— Moi, je voudrais me venger.

— Parce que tu en as l'âme. C'est ta vision, ton point de vue. Ne nous mettons pas à la place de Joséphine. Ça a déjà été assez douloureux. Promets-moi un truc : si elle décide de ne pas y aller, respecte son choix.

Simone la dévisage et s'apprête à répondre.

— Baisse les yeux, beauté, sinon je vais t'embrasser. Allez, Simone, s'il te plaît. Jure-moi que tu te rangeras de son côté si elle ne se lance pas dans cette vendetta…

— Je le jure.

— Encore. Je te connais, tu as croisé les doigts derrière ton dos.

Simone grimace.

— C'est faux.

— C'est vrai.

Simone s'exécute.

— Et toi, promets-moi que tu ne vas pas trop la calmer à l'énoncé des faits. Que tu sauras garder de l'énergie si elle veut y aller.

Olympe lui pince le bras.

— Bien sûr que je serai là, que crois-tu ?

Elles se laissent à la Concorde, la bien nommée. Simone doit retrouver No. Ils ont rendez-vous rue de Beaujolais, pas loin du Grand Véfour. Il arrive sombre, le téléphone à la main, un presque sourire sur les lèvres. Simone l'alpague.

— Les nouvelles sont bonnes ?

— Disons que j'en ai.

— Et je la connais ?

— C'est Joséphine.

Simone vacille de stupeur et indique le jardin.

— Viens, je crois que j'ai besoin d'un remontant.

Le turbot

Poisson plat répandu dans l'Atlantique
et la Méditerranée. Très estimé pour sa chair.

La bouteille est de nouveau sur la table. Je ne vais pas me faire avoir deux soirs de suite. Au réveil, il m'a fallu déployer une énergie sans nom pour assurer le service du midi. Je me suis écroulée tout l'après-midi pour émerger à quelques heures du dîner. De nouveau trente couverts. Les bonnes nouvelles vont vite. Maman tente de m'aborder sur différents sujets. Que j'élude pour le moment. Je ne peux me concentrer sur tout. Alors je la prends juste dans mes bras. Oui, on va parler, mais là laisse-moi reprendre mon souffle. Mon père pousse encore quelques gueulantes marquées mais je ne les perçois pas. Je m'en porte d'autant mieux. Ma fatigue du jour ne l'empêche pas de me servir en premier. Nous avons besoin, tous les deux, de distiller nos paroles. Handicapés des émotions que nous sommes.

Même rituel de la porte d'entrée qui se ferme à double tour. J'ai anticipé et déposé sur la table des beignets. Je mens. C'est ma mère qui a œuvré. Je suis incapable de réaliser ces choux parfaits, délicieusement sucrés. Gras à souhait, idéal pour caler l'estomac avant quelques rasades bien senties. Je pense à No avec qui j'ai échangé, encore vaseuse. Il ne semble pas abandonner l'idée de me revoir. Il est fou, ou inconscient. Les deux me vont. Je détesterais le voir indifférent. L'évoquer adroitement est l'occasion de rassurer maman, par l'intermédiaire de mon père. Rôle qu'il endosse à merveille et dont il sort grandi. Cette dernière s'isole beaucoup. Elle retrouve du temps depuis que je suis en cuisine. Que me prépare-t-elle ?

Papa s'installe de nouveau en face de moi et réclame mon téléphone. Il a ôté son tablier et laissé apparaître une chemise blanche boutonnée jusqu'au cou. Je le sers alors qu'il se met à l'aise.

— Journée chargée, pas vrai ?

Il approuve de la tête. Que disent ses yeux ? Entre l'obscurité et mon mal de tête, je ne décrypte rien. L'inédit prend le pas sur le reste.

Tu savais que le Japon a eu huit impératrices ?

Une leçon d'histoire ? Je pensais que nous allions parler de nous. Je secoue la tête, non, je ne savais pas. Il écrit encore.

Tu savais qu'il n'y a pas eu de femmes lors de l'abdication de l'empereur Akihito ?

Non plus.

— C'était quand ?

En 2019.

Papa est dans sa lancée, maîtrisant mieux que jamais l'art de la dictée.

Ça n'a pas toujours été comme ça, tu sais. Ça date de 1868, pendant l'ère Meiji...

Je secoue la tête plutôt que de demander pourquoi.

C'est un peu la faute des Français. Les Japonais se sont inspirés du code civil de Bonaparte. Les femmes devaient obéissance à leurs maris. Point final. Leurs droits ont été réduits à ce moment-là.

J'ai donc hérité de cela dans mes gènes. La célibataire que je suis serait perçue comme perdante dans une société où le statut des femmes est fondé sur le mariage. Cela explique bien des choses.

— Papa, vous étiez amoureux, avec maman ?

Réponse sibylline après un soupçon de tendresse dans son regard.

Elle ne m'a pas épousé pour fuir, si c'est la question que tu ne poses pas.

Être discrète, prendre soin de son mari, de ses enfants. Être une sainte. Ça fait tilt dans ma tête. Je revois l'église et mon malaise devant le tableau *Le Ménage de la Sainte Famille*. Cette vierge si parfaite préparant le dîner, et Joseph berçant un enfant. C'est mon héritage qui m'a sauté au visage avant que j'en comprenne la raison. J'ai fui ce modèle, non par éducation ou volonté mais par traumatisme génétique. Je suis l'héritière d'une lignée d'épouses qui n'a pas voulu ça. Une cohorte de femmes envisagées comme des machines à concevoir mais certainement pas à penser. Je croyais avoir choisi consciemment ma voie, mon métier, mon indépendance. J'ai juste rejeté une vision qui n'était pas la mienne. Et que je porte pourtant dans chacune de mes cellules. Si je n'entends plus les hommes, c'est parce que ces femmes, avant moi, les ont trop entendus. Je suis leur échappatoire et leur plus belle victoire. Sauf pour ma mère. Je suis celle qui n'est pas obligée de préparer une purée bio, un dîner, de ranger la maison et de potentiellement attendre un mari qui rentre exsangue du bureau. Je suis libre et je viens juste de m'en rendre compte.

C'était donc ça, l'opportunité évoquée par Olympe et Simone ? Comprendre que je suis devenue une machine à concevoir des plats et à penser plus tard ? Que les codes culinaires mélangés à ceux de mon histoire familiale sont de fait détonants. Ça ne peut que finir comme ça. Évidemment. Le verre plein est devant moi. Papa ne dit rien, n'attend rien. Bienheureux parmi les hommes. Assise au bord de moi-même, la gorge brûlante et la bouche sèche, je recompose cette histoire qui est la mienne. Sans tristesse. Il n'est plus temps pour cela. J'ai le cœur tordu d'un sentiment autre, simple. Après cette discussion, je peux faire la paix avec moi.

Nouveau mot.

Tu réfléchis

Manque le point d'interrogation, à moins que j'aie raté une proposition. Lui répondre à voix haute me frustre.

— Je me demande pourquoi tu me dis ça maintenant.

Il soupire. Phrase courte, téléphone sur la table.

Parce que ta mère est inquiète.

Il marque un temps. Nouveau mot.

Elle cuisine moins bien quand elle est inquiète.

C'est donc ça, je suis en cuisine parce que maman se fait du mauvais sang. L'a-t-on jamais vue rater une recette ? Je me lève tant bien que mal. J'ai besoin de me dégourdir les jambes. Je me sens moins ignorante, toujours à moitié sourde. Ça me désole. Que mes parents cherchent à me caser, dans le fond, je trouve ça drôle. Ils n'ont ni l'un ni l'autre l'âme de marieurs. Ils perpétuent une tradition plus forte qu'eux. Que papa monte au front pour m'expliquer ce qui relève de « problèmes féminins » est à la fois tendre et étrange. Non, c'est surtout étrange. Maman continue de me fuir, ce qui ne présage rien de bon.

Il m'interpelle de nouveau en faisant tinter son verre. Je décline. Il insiste. Je cède. Moins par volonté que par envie de l'accompagner dans ce rituel incroyable, nous qui n'avons jamais réussi à échanger que dans le conflit, le débat ou le défi.

Il sort un long mot et me le tend.

J'ai écrit ça cet après-midi parce que c'était plus facile que sur le téléphone. En France, ton côté japonais ressort. Si tu étais là-bas, on valoriserait ton côté français. Tu es entre deux rives. Tu es un mélange de la culture européenne libre. Et de la vision japonaise du danson-johi : le respect des hommes, le mépris des femmes. Tu es ce mélange, Joséphine. C'est beaucoup de bruit. C'est pour ça que tes oreilles se ferment : pour faire le point.

Je le questionne d'un regard. A-t-il composé ça tout seul ? Réponse par SMS.

Ta mère m'a aidé.

Résumons. Je suis l'assemblage détonnant d'une culture que j'ai négligée et d'une autre dont je me suis approprié les codes. Mes parents pensaient me protéger des clichés. Je n'ai fait que foncer dedans tête baissée. Je me retrouve aujourd'hui à comprendre pourquoi, depuis plus de trente ans, je fuis, je me blesse, je me fâche, je me bats, j'abandonne, tout ça en même temps, et parfois dans la même journée.

Je m'installe à côté de lui. Je veux qu'il m'entende encore. Qu'il comprenne que le chemin a commencé.

— Pourquoi tu me dis tout ça, papa ?

Il prend la feuille et écrit en japonais. Les mots s'alignent et dansent sous mes yeux.

Pour que tu trouves un mari.

La réponse me fait rire.

— Sérieusement, papa ?

Il y a de la gravité dans l'expression et autre chose que je ne sais pas définir. Une certaine mélancolie, peut-être. Il remet en place ma frange indocile.

Parce que ta mère est malheureuse.

Je ne pensais pas leur relation construite sur la tendresse. Il est temps d'assumer mon manque de compréhension. Derrière ce rapport géographique établi, lui la salle, elle la cuisine, il y a un couple qui se protège et qui s'aime à sa façon. Je ne les voyais pas ainsi. Je les pensais dans un rôle, une obligation de rester ensemble pour respecter un pacte tacite. J'en ai honte, maintenant. J'ai manqué de profondeur et de curiosité. Est-on jamais objectif sur ses géniteurs ?

Raisonnable, papa ferme la bouteille et la range. Ça sonne l'extinction des feux. Il monte, doucement, l'escalier qui grince. Il ne veut pas la réveiller. C'est son élégance. Même s'il sait qu'elle ne dort pas. Elle attend de savoir, tout savoir de notre échange. À mi-chemin, il tourne la tête vers moi.

— N'oublie pas d'éteindre la lumière.

Pas besoin de son, j'ai tellement lu cette phrase sur ses lèvres. Ainsi que la suivante.

— Et demain, range ta chambre.

Je passe outre à la dernière remarque qui me fait grincer des dents. C'est l'occasion. Si je le laisse filer, je ne vais pas pouvoir lui dire. Je dois lui demander.

— Papa.

Il s'arrête. Je sais que je ne vais pas entendre la suite, mais je m'en fous.

— Papa, c'est quoi l'ijimé ?

Il agrippe la rampe, droit. Je viens de lui poser une colle ou de lui tendre une embuscade. Il redescend. C'est donc un piège. Il saisit le stylo et m'écrit une nouvelle fois : *Demain.*

Le mulet

Poisson à tête massive et à chair estimée vivant près des côtes et dont les œufs servent à préparer la poutargue.

— Vous savez, une rencontre entre un chef et sa brigade, c'est d'abord une alchimie humaine. Chacun s'observe sans forcément faire un pas vers l'autre. Je suis de ces hommes qui aiment être un lien.

Sous les lambris du grand salon, les mensonges sont amortis par la hauteur sous plafond et par l'épaisseur de la moquette. Le chef a fixé le rendez-vous tôt, histoire de ne pas éveiller la méfiance de son équipe. Il n'y a qu'Ève qui soit au courant. Elle va se taire. Il ne le lui a pas encore dit, mais l'opportunité est aussi pour elle. Il veut d'abord assurer sa place. Face au propriétaire de ce restaurant fabuleux situé dans les Émirats, le chef est virevoltant. Il sait qu'ils sont plusieurs sur le coup. Il veut être l'incontournable. Il se sent à l'aise alors que le traducteur restitue sa prose. C'est un rendez-vous d'hommes, c'est pour ça qu'il ne parle pas d'elle.

L'interprète se tourne vers lui. Sourire de circonstance en attente d'une réponse claire.

— Que pourriez-vous offrir de différent des autres candidats ?

Le chef a répété. Le tout, dans ce genre de représentation, c'est de maîtriser les silences. D'inspirer profondément et de chercher l'inspiration. De convoquer l'exception culturelle française et le sens du bon goût.

— Je peux vous parler de mon expérience, de mon savoir-faire et de mes étoiles. Je préfère vous raconter une histoire, si vous le voulez bien. Je suis passionné de cuisine et de nature depuis que je suis tout petit. Ma famille était installée dans la région de la Loire. Un coin sauvage et paisible. Je cultive depuis toujours le goût du bon produit. Ce que je souhaite vous apporter, c'est ça, ce sens de la découverte. Et pas seulement par la cuisine, mais en imaginant avec vous un concept plus grand. On voit Dubaï comme une capitale extraordinaire mais jeune, avec un savoir-faire en matière de cuisine complètement internationale. Je veux réveiller l'âme culinaire de ce pays.

Le chef marque une pause en dégustant son café. Il veut surtout voir l'effet de ses mots. Pour se démarquer des autres, le chef veut parler vision, marketing et concept. Pour les recettes, il verra bien avec son équipe.

Son interlocuteur agite les mains. Après cette litanie, il devrait avoir envie de l'engager. Le traducteur intervient de nouveau pendant que le chef commande un jus de fruits.

— Votre approche est très différente de celle des autres personnes que nous avons rencontrées pour ce travail. Si vous aviez une baguette magique, que feriez-vous avec nous ?

Le traducteur a bien pris soin de dire « avec nous », plutôt que « pour nous ». Mais le chef n'est pas dupe. C'est là que ça se joue, les faire rêver sans trop en dire.

Il prend l'air inspiré et se lance :

— Je vois un jardin. Un potager sur plusieurs hectares ordonnancé selon les principes de la permaculture : zéro engrais, zéro pesticide, entrelacs de plants qui se protègent les uns les autres. Des fruits, des légumes oubliés. Les légumes sont comme vous et moi, la vue du soleil les rend heureux. J'imagine une oasis unique à portée de main. Un jardin qui fournit le restaurant, mais surtout un jardin qui *fait partie* du restaurant. Un centre de recherche pour produire de manière naturelle les meilleurs produits selon le principe de la biodynamie… Ça va, vous traduisez toujours ?

Il reprend son souffle et ses esprits. Jouer l'épuise. Mais il veut ce poste. Il sait que la proposition est fantaisiste compte tenu de la situation géographique de la ville. Il veut montrer qu'il offre bien plus qu'une carte unique et un statut de meilleur ouvrier de France. Il apporte une crédibilité teintée de responsabilité sociétale et d'innovation. Et qu'importe s'il faut importer de la terre et ternir un peu ce projet avec un bilan carbone déjà trop lourd.

Déjà, l'interprète revient à la charge. C'est bon signe, il a vu juste dans cette approche. Moins de cuisine, plus de communication. C'est si simple, au fond.

— Ne diriez-vous pas que la biodynamie est une science, comment dire… aléatoire ?

Trop poli pour être honnête. Le chef doit reprendre la main, d'autant que le temps tourne et que le premier service ne doit plus être très loin.

— Vous connaissez bien évidemment le domaine de Romanée-Conti ? Ça fait des années qu'ils y pratiquent cet art. Ce ne sont pas à proprement parler des amateurs…

— Bien évidemment. Sinon, vous parlez anglais ?

Sa parole n'a pas été relayée. Ça l'agace.

— Bien évidemment, monsieur. Mais je me permets de préciser que j'appartiens à la tribu des Gagnaire et des Loiseau, et que la France est le pays qui a codifié la haute gastronomie. Le « oui, chef » a une préhension internationale, non ?

Il termine son café en laissant l'interprète faire son œuvre. Profite de la fin de la conversation pour saisir son manteau.

— Messieurs, je suis navré mais c'est l'heure. Je vous quitte. J'ai été heureux de cette rencontre.

Le client s'agite et interpelle son homologue qui secoue la tête de manière mécanique.

— Nous avons été honorés de cette rencontre. Nous reviendrons vers vous rapidement.

— J'en suis certain. Belle journée à vous.

Il se lève sans demander son reste, avec un dernier salut de l'homme pressé qu'il est. Sur son deux-roues, il refait le déroulé de l'entretien. Il a été dans le bon sens. Il a été bon tout court. Qu'importe si les idées ne sont pas de lui. De nos jours, tout le monde s'arrange avec la vérité. Personne n'ira vérifier ses emprunts, certainement pas les individus concernés. Arrivé sur le boulevard Saint-Germain, il accélère. Parler de ce jardin était une excellente proposition. Calquée sur le travail du chef Mauro Colagreco, mais qu'importe. S'ils avaient voulu du chef argentin, ils seraient allés le chercher au Mirazur.

Pareil pour cette histoire de Pays de la Loire, largement empruntée au chef Christophe Hay. Il ne connaît pas ces hommes qui sont ses pairs. Mais c'est un fin lecteur du *Journal du dimanche* et du *Figaro*. Pour un peu, il serait prêt à inviter à sa table Charlotte Langrand, Stéphane Durand-Souffland et Hugo de Saint Phalle. D'ailleurs, pense-t-il en passant la Concorde, s'il est nommé à Dubaï, il les conviera. Livrera à chacun quelques confidences bien senties. Pourquoi ne pas organiser un voyage de presse ? Il gare son scooter et adresse un message au traducteur. Pour le remercier encore une fois de la rencontre et lui suggérer cette idée de voyage avec la fine fleur des médias français. Encore un bon moyen de monter sur le podium.

Le cœur léger, il pénètre dans la cuisine avec cette mine satisfaite. La brigade bourdonne, prête à envoyer au premier signal. Pas une parole, juste un bruit de fond, des respirations qui se retiennent car il entre dans l'arène. Hermétique au changement d'atmosphère, Ève le regarde arriver tout en finissant un saint-honoré. Il est trop tard pour une brève étreinte. Elle affiche un air entendu. Il lui faut attendre.

Ève réajuste son body. Elle n'a jamais aimé coucher l'après-midi. Ça la rend mélancolique.

— Alors ?

Il est encore nu dans son fauteuil. Elle aimerait le trouver viril. Elle ne ressent rien. À peine un peu de pitié.

— Merveilleux.

— De quoi parles-tu ?

— Du rendez-vous. J'ai été bon. Je pense que je vais avoir le poste.

— Ah...

Il ne commente déjà plus leur étreinte. Elle s'en fout mais ça l'alerte. S'il se détache déjà, elle ne va pas avoir le temps d'agir. Surtout si Simone et Olympe lui mettent des bâtons dans les roues. Elle simule une moue penseuse.

— Tu connais Dubaï ?

— Non.

— Tu aimerais ?

— Quoi ?

— Découvrir Dubaï ?

— C'est une proposition ?

— Si je suis pris, je vais composer mon équipe. Imposer quelques noms. Et pourquoi pas, le tien...

— Je n'ai jamais songé à cette destination.

— Tu devrais.

Elle s'approche de lui, ingénue.

— Disons que pour toi, c'est facile, tu es doué et reconnu. De mon côté, j'apprends encore.

Elle s'installe sur ses genoux. Il lui embrasse le cou et caresse son dos. C'est si facile que ça en est presque indécent.

— Justement, tu pourrais développer ta technique culinaire. Et puis, nous pourrions continuer de nous voir.

Il l'étreint tendrement. Ça la surprend. Elle pourrait tout laisser tomber. Partir avec lui et profiter. Continuer d'être la protégée, avoir une bonne idée qu'il financerait.

C'est au moment où il entre en elle que la violence refait surface. À chaque mouvement de reins, à chaque souffle de sa part, elle le déteste un peu plus. C'est parce qu'il la prend qu'elle fait partie de la brigade. C'est parce qu'il la désire qu'il lui fout la paix. Et quand il ne voudra plus d'elle, elle terminera comme Joséphine. Elle veut tenir la distance et surtout, surtout, ne pas laisser la main. Alors qu'il jouit en en voulant encore, elle pense qu'elle a juste le temps de filer prendre une douche avant d'alerter Olympe. Il faut agir, et vite.

Elle supporte de moins en moins ces rapports quotidiens. Son corps réclame vengeance. Elle veut sa perte. Lui. Qu'il paie pour tous les autres. Elle l'embrasse machinalement et se rhabille en silence.

— Tu as l'air soucieux.

Il est toujours nu dans son fauteuil. Satisfait. Il la regarde, il la veut encore. Elle le sait. Elle pose un doigt sur ses lèvres.

— Le prochain service va vite arriver. Je voudrais prendre une douche et me reposer.

Il la prend dans ses bras. Le contact de sa peau l'électrise. Elle se détache avec autant de douceur que possible.

— Et je t'avoue que je suis un peu fatiguée. Le rythme est intense, ces derniers temps.

— Tu as raison, tu devrais prendre un jour pour souffler.

— Mais je viens d'arriver, je n'ai pas de congés.

— Je t'en donne un. Prends ton vendredi, repose-toi. C'est vrai que tu étais un peu plus sage dans nos ébats. Je t'aime sauvage.

Se rend-il compte de l'ignominie de ses paroles ? Plus que son corps, ce sont ses mots qui la salissent. Elle frotte, et frotte encore sous l'eau brûlante. À rougir de honte. Alors qu'elle sèche, elle laisse un message à Olympe.

Dubaï, c'est pour bientôt. Avez-vous parlé à Joséphine ?

Elle se jure que si ces gardes-chiourmes l'empêchent d'avancer, elle trouvera seule le moyen de contacter et de convaincre Joséphine Ikeda de se venger.

Le chinchard

Poisson marin ressemblant au maquereau
mais à la chair moins fine.

Je n'ai jamais été grenouille de bénitier. Mon rapport à la religion était déjà proche du néant et ça ne s'est pas arrangé avec l'arrivée de la sexualité. À l'adolescence, on voit les choses autrement, et communier avec Dieu, quelle que soit son apparence ou son origine, devient moins important que réussir à taper dans l'œil d'un garçon. Cette pensée m'a effleurée quand le client de la table douze a demandé à me parler. Je l'ai vu entrer avec un groupe. J'ai croisé son regard alors que je passais une tête depuis la cuisine. Quand il a été là, devant moi, à me murmurer des paroles affectueuses concernant mon mulet noir avec courgettes jaunes, basilic pourpre et huile de cacahuète grillée, j'ai souri et jeté mes cheveux en arrière. Un peu décontenancé, il a laissé son portable et un petit mot plié en deux sous son assiette à dessert. J'ai trouvé ça charmant. Mis ça sur mon joshi ryoku et accepté de plaire en silence.

Aimer séduire sans rien y faire.

De joie, j'ai partagé une photo de mon plat avec No, c'était mieux que de lui dire que je ne perdais pas la main. À Olympe et Simone, j'ai adressé les deux autres recettes à la carte. Une rascasse avec nuage de safran et fleur de coriandre, et un carpaccio de bulots marinés à la granny smith, relevé avec de l'échalote, du gingembre et de l'huile de verveine. Mes échanges avec papa me dépoussièrent de mes frayeurs. J'ai passé la journée en cuisine en éprouvant un ennui reposant. J'ai retrouvé la précision de mes mains. Je suis à nouveau une femme-couteau. Je suis sourde aux mâles et je vais bien. J'ai reçu également un appel d'un cabinet d'ORL. Ou bien était-ce un psy ? Je ne me souviens plus de ceux que j'ai contactés. Toujours est-il que je rentre à Paris dans deux jours. Le temps d'assurer encore quelques services car j'y retrouve goût. Demain, si l'arrivage le permet, j'ai envie de préparer du maquereau cru avec du radis noir, de la mélisse et du poivre de Malabar. Les fleurs d'immortelle sont sèches, le moment est venu de les plonger dans une marinade. Avec du chinchard, peut-être ?

Papa pose la bouteille sur la table. C'est le signal. Je lui soumets ma proposition pour le dîner de demain. Il acquiesce et me parle.

— Je ne t'entends toujours pas.

Ça semble le navrer. Il récupère à regret mon téléphone et continue sa mélopée silencieuse. Le texte a l'air long, les mots pesants, prenants peut-être. No m'a parlé de l'ijimé, il est temps d'en savoir plus. Qui sait si je n'attendais pas une nouvelle voix, symbole d'autorité, pour m'autoriser à comprendre. Ijimé, un mot qui danse et qui termine dans les airs. Je vois papa se relire et tenter d'effacer ce premier jet.

— T'inquiète pas, papa, ça va aller.
Je découvre avant tout une question.

Qui t'a parlé de l'ijimé ?

Je tourne la tête vers lui.
— C'est un ami.
Papa fait un geste et me montre son visage.
— Oui, il est japonais.
Il rit comme si je venais de lui faire une plaisanterie. Il reprend le téléphone. Je me place à côté de lui pour lire par-dessus son épaule.

Tu as rencontré un homme, un Japonais, et tu n'as rien dit à ta mère ?

Si papa connaissait les émoticônes, je pense qu'il pourrait choisir ce petit rond jaune avec les larmes aux yeux qui se roule par terre. C'est bien le moment. Nous sommes côte à côte. Il pose ses mains avec douceur et fermeté sur mes oreilles. J'aimerais entendre la mer toute proche. Je n'ai qu'un ronron uniforme, le battement de mon cœur et mon souffle court. Touchée par le geste du capitaine qui redevient tous les soirs papa. Dans la journée, rien ne filtre. Il braille toujours autant durant le service. Pendant que maman veille en cuisine. Jamais longtemps, cinq minutes tout au plus. Où elle a le temps de corriger, comme par magie, une sauce qui sera mieux aérée et de me présenter tout un tas de garçons sur son portable. Voilà pourquoi ma mère est si occupée, elle tente de me caser. Non pas sur un vulgaire site de rencontres, mais via un réseau beaucoup plus fin. Une équipe qui passe sous le radar. Ses sœurs restées au pays pour qui ma situation de célibataire est devenue le sujet principal de leurs conversations hebdomadaires. Toutes les occasions sont bonnes pour maman de venir me présenter le futur élu. Qu'importe s'il se trouve à plus de neuf mille kilomètres.

— Regarde, Joséphine, comment le trouves-tu ?

— Maman, j'ai pas le temps, dis-moi plutôt où tu ranges le furikaké.

— Troisième placard. Et lui ? Qu'est-ce que tu en penses ? Il est pas mal et, en plus, il a une bonne situation.

Parfois, pour lui faire plaisir, je jette un coup d'œil rapide à la photo passable.

— Oui, bof, non. Franchement, maman, là, c'est le cadet de mes soucis.

— Tu vas finir vieille fille.

La conversation se clôt en général de la même façon. Maman s'en va bouder et papa vient me voir en bougonnant parce que les plats ne sortent pas assez vite. Il est passé de la feuille A4 au post-it mais son écriture tient plus de la chorégraphie. Je déchiffre des textes bigarrés de caractères japonais avec quelques lettres de l'alphabet occidental. Cet assortiment, c'est moi. Le soir, c'est différent.

Je pose ma main sur son avant-bras. Il se libère de mon étreinte et se lève tout en dictant une phrase déjà trop chargée pour moi. J'ouvre la bouteille et nous sers. Il boit une gorgée. Je lis.

L'ijimé, c'est la colère des lâches. C'est faire souffrir quelqu'un au point de vouloir le voir disparaître.

La colère des lâches, le harcèlement. J'intègre d'un coup et papa aussi alors que les larmes, que je pensais avoir oubliées, affluent. Je ne lis pas la suite, je me blottis contre le rempart du corps du général qui ne sait que faire de ma tête qui dodeline, de mon nez qui se mouche contre son impeccable tablier. Je l'ai subi. Et No aussi, enfin, je crois. Je n'ose imaginer qu'il l'a pratiqué. Papa essuie mon visage avec autorité. Le temps des pleurs est terminé. Je reprends ma lecture.

Je t'ai souvent dit : le clou qui dépasse appelle le coup de marteau. C'était pour te protéger de ça.

Me protéger ? Me guider, tant qu'on y est ? Reste à ta place, Joséphine. Ferme-la, Joséphine. Évite les coups et faufile-toi dans la vie avant qu'elle ne te dévore ou qu'elle ne tente de te remettre à ta place. Il était là, ton avertissement sibyllin. J'étais trop peu subtile pour en saisir les contours. Aujourd'hui, je comprends. Violente révélation. Je me concentre sur l'aspect positif de la chose. On ne m'y reprendra plus. Je ne me laisserai plus faire.

Mon manque de connaissance sur cette culture qui me compose est encore plus effarant maintenant. Mes oreilles vibrent en réaction à ce qu'elles découvrent et qu'on ne leur a pas dit. J'enchaîne le verre, cul sec. J'y vois enfin. Je dis stop à une certaine forme de torture. L'ignorance d'abord de celui qui fait l'objet de l'ijimé. Humiliation publique pour interdire toute aide extérieure ou échappatoire. La violence physique ou verbale dans le mépris de tous. Effacer l'autre. Expliquer à l'individu qu'il ne peut exister qu'à travers l'appartenance à un groupe, et certainement pas pour qui il est. Mon chef n'avait pas la référence, mais il m'a bel et bien terrassée avec une tradition du Soleil-Levant. Quelle ironie.

Papa marque un temps, écrit rapidement et boit encore plus vite.

C'est ça que ton chef t'a fait ?

Je hoche la tête sans tristesse.

— Oui, papa, c'est ça.

Il s'assombrit. Il n'est jamais tendre en cuisine, ni en salle, mais l'idée même de traumatiser quelqu'un par vice lui est étrangère. Un instant, je me retiens, et puis j'ose.

— Et toi, papa, tu as vécu ça ?

Troisième verre trop vite vidé. Il a du mal à taper sur les touches. Il ne pleure pas, bien sûr, mais son regard est embué.

Je lis en diagonale.

Oui, pour ta mère.

Il n'ajoute rien et va se coucher. Comme ça. Fin de la conversation. Tu as les pièces du puzzle, débrouille-toi maintenant. Ça me brûle les tympans. L'héritage dans mes cellules s'éveille. Ignorante de moi-même, il faut ça, cette violence ultime, pour que j'aille mieux. J'en suis persuadée. C'est en faisant quelque chose de fou et de dur que je vais m'en sortir. Papa n'a pas rangé la bouteille. Je me serre, ouvre la porte arrière du restaurant, allume une cigarette et prends mon portable.

Mon premier message est pour No. Toujours sans tendresse mais avec moins de froideur.

No, je comprends enfin. Violent, indécent et inédit. Comment as-tu deviné ?

C'est ça qui me taraude, comment cet inconnu croisé trois heures a-t-il compris, analysé ma situation de fille sourde et porté directement le bon diagnostic ? Le message suivant est adressé dans le même temps à Olympe et Simone.

Bonsoir les filles, je prends le train demain, j'ai un rendez-vous chez le médecin. Hâte de vous retrouver. Tellement de choses à vous dire.

Les fesses calées entre deux poubelles, je savoure chaque bouffée. Je sais donc enfin ce que j'ai vécu. Le sens profond de cette agression, s'il devait y en avoir un, était donc celui-ci. Intégrer ma différence, mon héritage de souffrance. Mais certainement pas y succomber. Jamais. Quelque chose de nouveau bourdonne. Je n'ai plus peur. Je suis cabossée, toujours un peu rêche et construite autour de contradictions. Mais je suis debout. Ma décision est prise. Il va payer. Et à ma manière. Je jette le mégot à la poubelle, range la bouteille, éteins la lumière et me glisse dans ma chambre. Un mot m'attend sur l'oreiller.

En plus, tu fumes ?

Vraisemblablement, maman ne dormait pas…

Le chevesne

Poisson d'eau douce à dos brun verdâtre et à ventre argenté appelé aussi meunier.

J'enchevêtre mon bras au sien. Ce matin, c'est quartier libre. Maman avance le visage face à la mer, son portable dans la poche. Je vais avoir droit à une nouvelle présentation de prétendants tous plus inintéressants les uns que les autres. Trop loin, trop communs. C'est ainsi qu'elle prouve qu'elle m'aime. Je m'en contente et ça me fait rire. Elle s'est tenue avec intelligence en dehors de mes échanges paternels. Je ne peux filer sans que nous ayons eu ce moment toutes les deux. Sans post-it ou téléphone pour traduire mes mots. Nous marchons vers la pointe de Guilben. Un aller-retour vers l'eau. Assez pour vider mon sac et le remplir de nouveau. Elle tourne la tête vers moi.

— Pourquoi tu repars si vite ?

— Je te l'ai dit, maman, j'ai rendez-vous avec un médecin, j'ai besoin d'en finir avec cette ouïe défaillante.

Ma radicalité la laisse songeuse.

— Mais as-tu seulement pris le temps de t'écouter ?

La question m'arrache un sourire : j'ai fait mieux que ça.

— Tu avais raison, maman.

— Raison sur quoi ?

— Il fallait que je parle avec mon père.

Elle reçoit l'information avec une moue satisfaite.

— Bien évidemment, c'est ton père quand même.

Son obsession de l'ordre établi est l'opportunité que j'attendais.

— Pourquoi est-ce que tu ne parles jamais du Japon ? Pourquoi avoir atterri dans ce coin perdu ? Et surtout, pourquoi m'avoir si peu parlé de toi ?

Ça fait beaucoup de questions et nous ne marchons que depuis cinq minutes. Je me dis qu'elle ne retrouvera la parole qu'en arrivant rue de la Tossen.

— Parce que je ne me suis jamais trouvée importante aux yeux des autres. C'est aussi simple que ça.

— Mais on ne peut pas vivre comme ça.

— Joséphine, je n'ai jamais voulu avoir le premier rôle car on m'a sans arrêt rappelé où était ma place, ma condition. Je suis née dans un pays qui est à la cent dixième place en matière d'égalité des sexes et où récemment un politique a affirmé, droit dans ses bottes : « Les femmes célibataires sans enfants sont un fardeau pour la société », avant de tenter de faire passer une loi pour supprimer leur retraite… J'ai voulu t'éviter ce fardeau. C'est pour ça que nous sommes partis, ton père et moi. Accepter de s'oublier ne voulait pas dire t'imposer cela. Alors on a économisé. Travaillé. Quand on a eu de quoi payer les billets d'avion, on est partis.

— Quoi, comme ça ?

J'ai le souffle court. La rue est pourtant plane.

— Oui, comme ça. Ta grand-mère n'était plus. C'était la meilleure des raisons. On a fait une étape à Paris quelque temps. Ton père faisait la plonge dans un restaurant. Honteux de son statut. Et moi, je t'attendais. La mer lui manquait. Tu n'as connu ni la tristesse du foyer, ni les cours de français qu'on prenait. Un soir, il m'a annoncé qu'il avait trouvé un travail, loin de Paris. Le lendemain, on partait. Tu es née. Tu as toujours imaginé ton père propriétaire de son restaurant. Il est arrivé comme sous-chef. Tu le connais, quand il veut quelque chose, il travaille pour. Au départ en retraite du propriétaire, il a acheté. Voilà tout.

La concision du résumé me fait froid dans le dos.

— C'est tout ? Mais pourquoi ne rien m'avoir raconté ?

— Pourquoi n'as-tu pas posé de questions ?

— N'est-ce pas aux parents de délivrer l'histoire familiale ?

— Seulement si les enfants s'y intéressent, tu ne crois pas ?

Nous sommes sur le chemin des douaniers. Le terrain sablonneux amortit le bruit des pas et fait ressortir les mots maternels.

— J'ai amélioré mon français en faisant les devoirs avec toi. Ton père, en parlant avec ses clients. Tu sais, on s'exprime peu, mais on écoute. On a forgé ainsi notre double culture. Ce que je garde du Japon ne me semblait pas important pour toi. Jusqu'à aujourd'hui.

— Tu veux dire jusqu'à mon ijimé ?

Elle soupire. C'est indicible.

— Oui, Joséphine, jusqu'à ton ijimé.

— Et tu me dis ça comme ça…

— Comment te dire les choses autrement ? J'accepte depuis toujours les aléas de la vie. Ça me bouscule parce que c'est à toi que ça arrive.

Elle prend ma main. L'admirer, la plaindre, j'hésite encore.

— Je ne suis pas encore une vieille femme, Joséphine, mais mes convictions me vont. Oui, je pense que tu serais plus heureuse avec mari et enfants comme je l'ai été moi-même. Épanouie aux côtés d'un mari, avec une fille. Derrière ces traditions, j'y vois aussi le moyen pour toi de trouver une certaine forme de paix. Comme je l'ai connue. On peut reproduire un système imparfait et s'en sortir quand on est consciente des enjeux, des risques et des failles. Tu me penses effacée et soumise. Mais j'ai trouvé dans ce statut quelque chose de beau : la joie de rencontrer ton père et de t'avoir. Oui, je pense que ce qui t'arrive aujourd'hui est aussi là pour que nous parlions enfin avec toi du passé. Tu as le droit de nous en vouloir. Mais je pense que tu es déjà au-delà de ça.

— Au-delà de quoi ?

— Tu es intelligente. Ne pas poser de questions, c'est aussi se protéger des réponses. Aujourd'hui, tu es prête.

Je marche sans comprendre. Prête, certes, mais à quoi ? Maman avance toujours.

— Ça te fait quoi, de ne pas entendre les hommes ?

— Ça m'allège et ça m'isole. Dans la brigade, les propos n'étaient pas toujours tendres.

Elle s'arrête. Mère sur vue de mer.

— Il t'a frappée ?

Que dit-on dans ces moments-là ? Oui, il a saisi mon cou et j'ai cru mourir sans que personne ne bouge. Et tu sais quoi ? Ça aurait pu être pire.

— Il m'a frappée. Une seule fois. Une fois de trop.

Silence. Ça ne ravive pas mes idées noires. Ça alimente ma réflexion pour la suite. Maman murmure des paroles inaudibles. Je connais le mantra par cœur.

— Tu sais que la Reine-mère Seiobo ne peut rien pour moi.

Elle s'interrompt, surprise. Oui, maman, j'ai révisé mes classiques, que crois-tu ?

— Tu pries, maintenant ?

— Non.

— Qu'est-ce qu'on va faire de toi ?

— Une vieille fille ?

C'est dit dans un sourire. Je digère son histoire, j'hérite de sa vision. Que j'ai déconstruite et qui m'a sauté au visage dans le même temps.

— Ça va aller, maman.

— Ça irait mieux avec un homme dans ta vie.

— Un homme que je n'entendrais pas ?

— Qu'est-ce que ça t'apporte de les entendre ?

Ce que ça m'apporte, d'entendre la moitié de l'humanité ? Peut-être, avant tout, de ne pas me sentir seule.

— De l'échange, de l'assurance, un certain rapport de séduction. Une envie de plaire, d'aller plus loin. De grandir.

— Tu ne crois pas que la voix des hommes te limite ?

— Me limite ?

— Ton chef, par exemple. Il a tout fait pour t'épuiser, te rabaisser…

— Tous les hommes ne sont pas comme lui.

— Certes, mais sans jugement masculin, tu ne crois pas que tu irais plus vite, que tu serais plus en conscience de toi ?

— La conscience, c'est bien, mais ça ne me suffit pas.

Je ne vois pas partir la gifle. Froide, express, précise. Je peux compter sur trois doigts le nombre de fessées reçues dans l'enfance. C'est ma seconde claque d'adulte après celle du chef. Je tiens ma joue en cherchant mes mots. Elle me devance.

— Ça, c'est pour passer à côté de toi-même.

J'anticipe la seconde punition en protégeant ma joue disponible.

— Que crois-tu ? Que je vais t'en donner une autre ? Joséphine, j'ai quitté un pays où tu n'avais pas le droit à la différence. Où, en tant que femme, ton destin était tout tracé. Pour quoi ? Avoir une fille qui suit mon parcours ?

— Moi ? Mais j'ai fait tout l'inverse ! Je milite pour une absolue indépendance. Je ne veux justement pas reproduire tes erreurs.

— Je n'ai pas eu d'autre choix que d'être cette femme soumise et dépendante, limitée par la voix des autres. Et par celle des hommes en particulier. Ça te rappelle quelqu'un ?

— Je ne vois pas le rapport.

— Il est pourtant simple, Joséphine. Tu as été chercher ailleurs la capacité à te brimer. Nous n'avons pas réussi à t'éviter ça. Ton choix d'être cheffe, je l'ai vécu comme un pied de nez. Tu pensais d'ailleurs peut-être que ce choix était l'énoncé de ta liberté. C'était juste l'histoire qui recommençait.

— C'est absurde.

Elle est quelques pas devant moi, comme pour garder une avance dans ses pensées.

— Tu trouves ? À ta place, je ne serais pas effrayée de ne plus entendre les hommes. Mais je serais effrayée du fait de me méconnaître à ce point.

— Se connaître ? Parce que tu connais le sens de ce mot ? Ta vie a été dédiée au plaisir des autres !

— C'est bien ça que je t'explique, Joséphine, j'ai admis ma condition. Je n'ai ni ton courage ni ton talent. Alors, dis-moi franchement, quand vas-tu enfin comprendre et te mettre au travail ?

Nous sommes presque au bout de la pointe de Guilben. Au loin, on distingue l'île Blanche. Je m'assieds. Je ne la regarde pas quand je réponds :

— La cuisine, pour moi c'est rendre les autres heureux. C'est toi qui m'as transmis ça. J'ai passé mon enfance entourée de gens repus au déjeuner, rassasiés au dîner. Contentés devant leurs assiettes.

Maman reste debout, le regard à l'horizon.

— Je suis bien dans cet espace confiné qu'est la cuisine, à transformer des matières en plats.

Face à la mer, pas de réaction.

— Je travaille, maman, je n'ai jamais autant donné, imaginé, créé que ces derniers mois.

— Et tout ça pour quoi ? Être virée.

— Tu es violente.

— Et toi, idiote. Ou alors, tu le fais exprès.

— Maman ?

— Joséphine, je n'ai pas eu beaucoup de choix dans ma vie. Ceux que j'ai pris étaient radicaux. Fais-moi plaisir et gagne du temps. Tu peux devenir une cheffe extraordinaire. Il te manque deux choses : l'égoïsme et l'indépendance.

— Tu veux que je sois un homme ?

Ça lui arrache un sourire.

— L'égoïsme, c'est croire en toi, pour toi, et avant les autres. L'indépendance, c'est faire les choses avec le cœur et la raison sans peur du jugement. Toute ta vie tu as écouté, interprété et intégré les mots des autres. Soit une femme qui réussit, laisse les maux de ceux qui parlent à distance de toi.

Elle se met à ma hauteur.

— Tu n'es pas folle. Tu n'es pas malade. C'est la liberté qui s'offre à toi qui t'effraie. Maintenant, marchons.

Maman se dévoile en capitaine. Je n'ai eu d'yeux que pour lui. Je me suis trompée. Dès le début, j'ai inversé les rôles. Parfois, on devrait dire les choses simplement aux enfants.

— Qui est No ?

Je savais que papa ne tiendrait pas sa langue.

— C'est un ami. Un chef qui travaille avec Simone à Paris.

— Il est japonais ?

— Oui.

— C'est bien.

— C'est un ami, rien de plus. Et puis, maman, comment peux-tu me demander d'être indépendante et vouloir me caser à tout prix ?

— On ne se refait pas, ma chérie.

Le retour est plus rapide. Probablement parce qu'elle m'a délivré son message et qu'il ne faudrait pas laisser place à trop d'effusion.

— Il était comment papa, jeune ?

— Droit et séduisant.

— Droit ?

Sérieusement ?

— Et c'est une qualité ?

— Joséphine…

En arrivant près du port, je la retiens par le bras. Ça s'emmêle, c'est confus entre ma bouche et le reste. Raide, touchante, tendre. Un miroir d'eau à la place du visage et pas une émotion qui filtre. Comment trouver le bon angle ?

— Tu m'en veux d'être qui je suis ?

— Non, je t'en voudrai si tu ne deviens pas qui tu es.

Je pense qu'elle va me serrer dans ses bras, c'est une seconde gifle qui m'accueille, avant une brève étreinte.

— Pour être sûre que tu n'oublies pas.

Je ne veux pas rester comme ça, les bras ballants, tiraillée entre mon envie de l'embrasser et celle de me laisser de l'air et du temps pour comprendre.

— Maman, tu veux que je me libère ?

— Je souhaite que tu réalises la chance que tu as, ça serait un bon début.

— Tu veux m'aider ?

— N'était-ce pas le but de cette promenade ?

— Je veux dire m'aider à me libérer pour de bon.

— Je t'écoute.

— Je voudrais que tu libères Bulle.

— Bulle ?

— La daurade d'eau douce qui occupe l'aquarium dans ma chambre.

Maman me regarde d'un drôle d'air.

— Tu as donné un nom à cet animal ?

— C'est étrange, je sais.

— C'est tordu.

— J'avais besoin de ça. Je l'ai sauvée de mes couteaux. Maintenant, c'est toi qui la sauves en la remettant à l'eau.

Tu la libères, tu me libères. Aussi absurde que cela puisse paraître, nos histoires sont liées.

Maman opine du chef. Je peux entendre les mécanismes de son cerveau oscillant entre l'absurdité de la requête et son envie rationnelle de me voir aller mieux. Sans aucun doute, pour essayer de me caser.

Sonnée, j'arrive à la gare entre mes deux parents. Je ressemble à une adolescente lestée de ses valises pour une première colonie de vacances. Le capitaine murmure vaguement des mots, c'est comme si la vie normale reprenait son cours et que nos nuits étaient oubliées. Maman serre plus fort mon poignet et désigne le TGV. Pas de présence de Pierre. Je vais lui écrire. Il comprendra. Je jette un dernier regard à mes drôles de parents que je pensais si mal assortis. Ma joue gauche encore douloureuse me renvoie à cette promesse que je n'ai pas prononcée et à laquelle je m'accroche en m'asseyant côté fenêtre. Si la violence a provoqué mon état, la violence me réparera. Je rentre donc à Paris avec un but. C'est plus que ce que j'espérais voilà quelques jours. Je dois informer Simone et Olympe. Mon portable est au fond de mon sac. C'est quand je le prends en main que je m'alarme. Une pluie de messages. Des noms connus, des numéros masqués. Je fais défiler les missives. Identiques. Dans la capitale, « on » s'inquiète de mon état qui semble connu et identifié par de nombreuses brigades. Au milieu de tous ces bons sentiments, un texto attire mon attention.

Il est juste au-dessus de celui de No que je lirai plus tard. Numéro inconnu, phrase non équivoque.

La vengeance est un plat qui se mange froid.

Il est temps de rentrer.

Le sébaste

Poisson voisin de la rascasse, commun dans le golfe de Gascogne et en Méditerranée.

— Il faut que vous compreniez une chose importante : en qualité de médecin, je dissocie l'oreille de la voix.

La sienne transmet de l'énergie. Elle ne me regarde pas comme un cas curieux. J'ai exposé mes maux. Je me tais maintenant. Je suis même à deux doigts de prendre des notes, mais mon intérêt est ailleurs.

— Il y a deux formes d'écoute : quand on entend sa propre voix et quand on entend l'autre. Dans le premier cas, tout est lié à une résonance osseuse, dans le second, c'est une résonance aérienne.

J'avoue ne pas saisir la différence. J'apprécie son didactisme. Le silence de l'auscultation, la gestuelle précise.

— Souffrez-vous de vertiges ?

— Non.

— D'acouphènes, peut-être ?

— Non.

— D'une baisse d'audition ?

— C'est un peu pour cela que je suis là, non ?

— Mademoiselle Ikeda, je vais être directe : votre pathologie n'est pas possible en matière de physique acoustique. Cesser d'entendre les voix graves, du jour au lendemain, et sans aucun des symptômes précédemment évoqués, ça n'existe pas.

— Me prenez-vous pour une folle ?

— Je ne dis pas ça. Dans toutes les voix, mêmes féminines, il y a des tonalités plus graves que d'autres. Pourtant, vous continuez d'entendre les femmes...

— Je dirais même que je les discerne mieux. Les sons sont plus explicites.

— C'est-à-dire ?

— Il me semble percevoir des degrés dans les tonalités. Je devine les joies, les rires, les inquiétudes qui se dissimulent derrière les mots, de manière franche.

— Vous avez développé une hyperacousie, c'est somme toute classique. Votre champ auditif n'entend plus que certaines fréquences. Du coup, vous avez développé plusieurs seuils de connaissance. Tout est beaucoup plus net, plus fort, les sons vous arrivent comme plus détaillés. Vous devenez attentive à des nuances acoustiques extrêmement subtiles, et vous déployez une certaine vigilance émotionnelle accrue. Et c'est tant mieux.

— Vous considérez que ce qui m'arrive est une chance ?

Elle se lève et vient se placer en face de moi.

— Peut-être. Vous allez découvrir ce qui existe comme paramètres dans la phonation de ceux qui vous entourent et dans votre propre voix. Tout existait déjà. À vous, maintenant, de donner du sens à chaque paramètre intonatif.

J'ignore son regard et me dirige vers la fenêtre.

— Vous êtes en train de me dire que je ne suis pas soignable ? Que je vais rester ainsi toute ma vie ?

Je lui tourne volontairement le dos. Elle m'annonce ça avec un tel calme. De l'enthousiasme presque, qui contraste avec l'abîme qui s'ouvre sous mes pieds.

— Ai-je dit ça ? Je vous explique que vous allez découvrir, au travers des prosodies, de nouvelles données émotionnelles, de nouveaux indices qui vont vous permettre d'aller en profondeur dans l'âme humaine, en l'occurrence dans votre âme féminine…

— Pourquoi ça vous réjouit ? Pourquoi ça me désole ?

— Parce que vous avez tout à gagner. Certains de mes patients consultent car ils ont perdu leur voix. Plus de son du tout. Perdre sa voix, c'est abdiquer, d'une certaine manière, l'estime de soi. C'est affaiblir sa capacité à toucher l'autre et à être bouleversé par lui. Être ému par une voix est quelque chose de primaire et instinctif. C'est fort et ça cultive l'imaginaire. L'affinité de timbre existe, vous savez.

— J'en suis bien consciente, je ne suis moi qu'à demi depuis plusieurs semaines. Je me sens amputée, en fait.

— C'est étrange, vous devriez vous sentir plus vivante que jamais.

— C'est ce que pensent mes amies. Mais je n'ai pas l'âme d'une héroïne.

— Le problème est peut-être là. L'intérêt dans l'élocution est multiple. Son intensité, ses fréquences, les modulations. Mais au final, c'est toujours nous, en tant qu'individus, qui décodons les choses. En fonction du sens de la parole et de la phrase. Votre situation vous permet de découvrir et de mettre à jour les émotions que vous percevez de manière tranchée chez les femmes. Vous pouvez les canaliser et les transformer.

— Et monter un parti politique ? Vox Femina ? Je ne suis pas une militante. Certes, il y a quelques avantages à ma situation. Et en même temps, j'aspire à un retour à la normale.

Elle marque un temps avant de me répondre :

— Pour une femme dénuée de sens politique, vous en avez déjà les codes. Le « retour à la normale », le « en même temps » sont des tournures prisées par nos élus.

Mon appétence pour la chose publique est assez proche de mes connaissances religieuses. Je ne suis pas plus avancée.

— J'ai des ambitions moins grandes. Je veux me retrouver pour avancer.

— Et quels sont vos souhaits ?

— Monter mon restaurant, revenir à la cuisine. Être cheffe.

— Et qu'est-ce qui vous en empêche ?

À moi de lui poser une question.

— Connaissez-vous le milieu de la haute gastronomie ? Je veux dire, côté coulisses ? C'est un univers masculin, régi depuis des lustres par des codes et une étiquette. Briguer une direction de brigade, s'imposer dans cet univers restent des défis.

— Et vous croyez que c'est mieux quand on aspire à être reconnue comme une experte dans un domaine médical ? Croyez-moi, nos univers ne sont pas si éloignés.

Je reviens m'asseoir. Je ne sais plus, d'un coup, si je suis chez une ORL ou une thérapeute. Et si je lui pose la question, elle va me dire que les deux ne sont pas tellement éloignés non plus. J'hésite entre apprécier l'échange et reconnaître une certaine lassitude.

— Vous feriez quoi, à ma place ?

Quitte à jouer cartes sur table, elle doit avoir, à l'image de Simone et d'Olympe, de grands plans pour mon avenir.

— Eh bien, je me servirais de la situation. Dans la mesure où vous avez une voix, vous pouvez en jouer. Vous pouvez séduire et voir les réactions que vous provoquez sur le visage d'autrui. Ça peut être plaisant de vous rassurer sans conséquence. Et surtout, à votre place, je m'allierais avec celle des autres femmes. J'irais chercher ce que je peux m'approprier en entendant les autres...

— Tout ça me dépasse un peu.

Je me tais. La vérité, c'est que je suis immergée dans un demi-silence. Ça m'éblouit et ça me submerge.

Mon quotidien était assourdissant. L'activité intense. Je viens d'un brouhaha de sons et de saveurs qui, aujourd'hui, me paraît insurmontable. Ces quelques jours passés dans la cuisine parentale me prouvent que je peux créer au-delà des autres que j'ai, jusqu'à présent, accepté d'écouter. Je repense à la tonalité de ma mère que je n'ai jamais entendue si fortement. Aux échanges des femmes sur le marché dont j'ai pu percevoir les nuances.

— Votre façon de ressentir le bruit s'est modifiée. Vous redécouvrez tout un paysage sonore avec ses reliefs et ses subtilités. Ça peut être déroutant, et c'est difficile d'envisager de revenir en arrière.

— Vous voulez dire que je deviens plus sensible ?

— Disons que votre sensibilité évolue. Peut-être avez-vous juste envie d'être moins soumise au boucan des hommes.

Elle dit ça avec le sourire de celle qui sait, mais qui souhaite me laisser faire le chemin. Ce qui m'arrange moyennement car j'ai rendez-vous avec les filles pour dîner.

— J'aime bien cette expression, « le boucan des hommes ». Ça résume si justement les dernières années de ma vie. Parler fort, jouer des coudes, faire claquer les portes, crier pendant le coup de feu.

— Le bruit peut détruire. Il peut provoquer une surcharge cognitive intense. C'est pareil avec la voix. Une voix métaphorique, qui pourrait comprendre tous les bruits du monde, toutes les peurs, les angoisses, et qui serait déversée en continu. Une connexion permanente à elle pourrait détruire n'importe qui…

— Une voix défendue qui serait un ennemi permanent ?

— Là, c'est moi qui apprécie votre métaphore. C'est ça, que vous avez vécu, mademoiselle Ikeda ? Une parole qui déconstruit petit à petit qui vous êtes en passant outre à la vôtre ?

— Oui.

Oui, j'ai laissé faire ça. J'ai laissé faire et je n'ai rien vu.

— Ça me confirme donc ma première hypothèse. Quand vous m'avez exprimé vos symptômes, je pensais à la maladie de Ménière. Mais le fait que vous n'ayez ni étourdissements ni aucun des autres signes de cette pathologie me permet de vous dire que c'est autre chose.

Je ne sais pas si c'est mon escapade bretonne ou mon cerveau qui s'atrophie avec l'âge, mais rien n'est clair.

— Vous connaissez cette expression, « faire la sourde oreille » ? Eh bien, c'est ce que fait votre audition, de manière tout à fait inédite. Face à ce que vous avez vécu en cuisine, face à l'agitation un peu vaine des humains, vous avez fermé les vannes pour redécouvrir les bienfaits du silence et en apprendre plus sur vous. C'est dans le silence que nous comprenons qui nous sommes, que nous donnons du sens aux choses. Votre silence est sexué, c'est dire si vous avez une piste à creuser.

— Mais que voulez-vous que je fasse de ma voix, et de la voix des femmes en général ? Nous sommes si peu audibles...

Si Olympe avait été dans la place, je pense que ma phrase l'aurait fait bondir. Ce médecin m'éclaire et met en lumière mon apprentissage nocturne. Elle a raison. Et Olympe aurait raison de me mettre un coup de pied aux fesses en me demandant de me secouer.

— Le silence n'est pas uniquement synonyme de tranquillité et de relaxation. Il est aussi le lieu où l'on découvre sa vraie force intérieure loin des fracas du monde... Ou d'une cuisine.

Le chef et la brigade m'ont fait taire. La voix de maman n'a jamais compté. Olympe a démissionné pour trouver la femme de sa vie. Simone a claqué la porte et un paquet d'argent pour se lancer. Le puzzle se forme.

— Si je vous suis, ma situation pourrait être l'occasion de fédérer celles qu'on n'entend pas ? Dans mon activité professionnelle et ailleurs ?

— Cela peut être une option. J'y vois surtout pour vous une occasion unique. Vous avez fait taire les hommes. Tout en reconnaissant que vous ne pouviez pas vous passer d'eux. Car dans votre milieu, comme dans le mien, ils décident... Comment reprendre le pouvoir que vous n'avez jamais eu, alors qu'en plus, vous ne les entendez pas ?

— En passant outre. En passant par-dessus eux.

— Vous êtes une femme intelligente, vous saurez profiter du silence des donneurs d'ordres.

Je fais le chemin jusqu'au restaurant de Simone, sans un mot. Je laisse cette dernière phrase infuser mes cellules, s'infiltrer dans ma chair, du cœur au cerveau. Je pensais à une vengeance sonore, je vois désormais de nouvelles opportunités.

La limande

Poisson plat dissymétrique, comestible, vivant dans
la Manche et l'Atlantique.

Il me faut du temps pour réaliser qu'il y a quatre couverts autour de la table. J'envisage la présence de No tout en la sachant impossible. « Dîner de travail », m'a-t-il indiqué. Je continue d'échanger avec lui. Par touches. Communication entrecoupée de beaucoup de silences. Lui et moi dosons nos mots. Qu'il m'ait mise sur la piste de l'ijimé me taraude et m'inquiète. Autant de questions qui nécessitent une véritable capacité d'échange. Alors je tends une perche, qu'il saisit pour me renvoyer la balle au bond. Tout cela reste délicat. Peut-être me croit-il en sucre ?

Olympe m'aperçoit la première. Elle fait la moitié du chemin et m'observe quand je fais l'autre. Elle m'évalue. Mais pourquoi ? Je la prends dans mes bras à la recherche d'une étreinte véritable. Elle me frôle. Ça m'inquiète. Pas le temps de réfléchir que déjà Simone s'empare de moi à m'en faire étouffer. C'est bon et effrayant en même temps.

Elles sont trop et trop peu en même temps. J'ai encore mon trench sur le dos et déjà un verre dans chaque main.

— J'hésite sur le blanc, goûte ! m'ordonne Simone.

— Je ne suis pas très blanc, tu sais.

— Apprête-toi à changer d'avis !

Je jette mon manteau mais je n'ai pas l'âme à jouer. D'un côté, un bourgogne aligoté 2018 Comte Armand, un cépage mordant, aromatique et minéral. De l'autre, un blanc vendéen 100 % chardonnay du domaine Saint-Nicolas. Un vin cultivé en biodynamie au milieu des marais salants, agrémenté d'une fraîcheur iodée. Je bois un verre, un second, sans bien m'en rendre compte sous les yeux effarés d'Olympe.

— Tu veux terminer pompette ?

— Je suis rarement pompette, tu sais, je passe directement à la case bourrée. C'est moins chic mais c'est ainsi. Et puis, je suis de nouveau résistante.

— Grâce à Pierre et à l'air de la mer ?

— Non, grâce à mon père et à l'alcool de riz.

Je tente un rot discret, directement repéré par Simone.

— Hey, Mlle Ikeda se lâche !

C'est vrai, d'une certaine façon. Mais vont-elles être prêtes à me suivre dans cette folie ?

— Vous m'avez manqué, les filles.

— Toi aussi, ma jolie, répond Simone. Du coup, dîner de gala ! J'ai essayé de te faire honneur.

Elle revient avec trois assiettes en équilibre sur ses bras.

— On n'attend pas le quatrième convive ?

Leurs regards se croisent sans panique. Il se trame bien quelque chose.

— Non, m'assène Olympe. Il arrivera au dessert.

Je suis étonnée, mais pas paranoïaque.

— Tout homard aux petits légumes, annonce Simone joyeusement. Régalez-vous ! Et surtout toi, dit-elle en me désignant.

Elle a revisité un plat que j'affectionne. J'apprécie la délicatesse de cette attention. Je déteste les déchets en cuisine. Le homard se prête parfaitement à l'exercice car tout est transformable. Les coudes et les pinces, que l'on peut présenter en gelée. Mais aussi la carapace intérieure, celle qui supporte les petites pattes, qu'on peut faire cuire au four ou bien à la friteuse.

La question est trop tentante et m'échappe presque.

— Homard breton ?

— Mais pour qui tu me prends ?

J'aime ajouter une raviole de champignons à ce plat. Je mélange en général des cèpes, des pleurotes et des shiitakés. Enfin, pour les autres. Je note d'ailleurs que je me contente d'asperges vertes, quand l'assiette d'Olympe est composée de betteraves rouges, blanches, et d'une pomme de terre vitelotte.

— Et je n'ai pas oublié tes foutues allergies.

— C'est bon d'être à la maison.

— C'est bon de te retrouver. Alors, c'était comment ?

— Ton plat ? Ou chez moi ?

— Le retour chez tes parents, précise Olympe.

— C'était étonnant.

C'est le mot le plus juste qui me vient à l'esprit. Simone remplit mon verre et cela calme le trouble naissant qui s'éveille autour de la table.

— Je sais pourquoi je vis tout ça aujourd'hui. Je ne me suis jamais intéressée à mes origines japonaises. Je saisis aujourd'hui que je porte une histoire qui ne m'appartient pas directement mais dont j'hérite.

— C'est-à-dire ? demande Olympe.

— Eh bien, j'ai toujours revendiqué ma féminité et mon indépendance. Tout en ayant une partie de moi-même qui savait que c'était un leurre.

— C'est pas clair, ton histoire, assène Simone.

— Ça me pendait au nez, et, Simone, attends avant de t'énerver. Je ne te dis pas que je suis née victime. J'essaie juste de t'expliquer que je descends d'une lignée de femmes soumises. Je ne vous parle pas que de ma mère. Je vous parle de siècles d'éducation japonaise faisant de la femme une parfaite ménagère, dévouée à ses enfants et à son mari. De femmes jugées pour leur capacité de fidélité et de procréation. Un pays où une célibataire sans enfants est un fardeau. Une histoire où tu te dois de t'effacer en tant qu'individu au profit du bien-être du groupe. Je vous explique des données que je viens de découvrir, parce qu'on ne m'en a jamais parlé. Justement pour que je ne me conditionne pas toute seule. Mais il faut croire que parfois, ça ne suffit pas.

— Serais-tu en train de nous dire que tu es née pour te faire agresser ?

— Non, Olympe. Toute ma vie, mon père m'a répété que le clou qui dépasse appelle le coup de marteau. Toute ma vie, j'ai fait des pirouettes de cette phrase parce que je me suis arrêtée au sens premier. J'ai été le clou parfait parce que je ne connaissais pas mon histoire.

Je vois mes amies perdues dans leurs pensées comme je le suis encore un peu moi-même.

— Mes parents ont quitté le Japon pour ça. M'éviter le poids des traditions.

— Mais ta mère essaie à tout prix de te caser, ça ne tient pas ce que tu racontes, s'emporte Olympe. Pourquoi fuir et emporter avec soi des règles séculaires ?

— Parce qu'on ne se refait pas du jour au lendemain…

— Passe-moi la bouteille, m'indique Simone.

— Je me suis perdue, c'est perturbant mais ça permet de se poser des questions. Et sans vous, j'aurais du mal à dénouer mes craintes. À trouver le mot juste pour qualifier ce que j'ai vécu. Tu avais raison, Olympe. J'ai été agressée. Au Japon, on appelle ça un ijimé. Un harcèlement extrême pour te faire rentrer dans le rang et qui touche toutes les tranches de la société. Je ne connaissais ni le mot ni le phénomène… Le chef non plus, et pourtant. J'en sourirais presque.

— C'est ta mère qui t'en a parlé ?

J'hésite un peu.

— Non, c'est No.

Simone laisse échapper son verre et, de surprise, oublie d'éponger sa robe. Ça me laisse le loisir de continuer mon explication.

— Après notre premier dîner, il m'a envoyé un message me disant qu'on mettait du temps à se remettre d'un ijimé. J'ai longtemps évité la compréhension de ce mot et des faits qui vont avec. C'est le capitaine qui m'a expliqué.

— Ton père ? s'étonne Olympe, un œil sur son téléphone.

— Oui, je sais, j'ai été aussi surprise que vous. Étrangement, nos conversations nocturnes ont permis de poser des mots sur tout un pan de ma vie que je méconnais.

— Et ta mère ?

— Disons qu'elle avait d'autres préoccupations à mon sujet.

— Mais comment No a-t-il compris ce qui t'était arrivé ? souligne Simone. Rassure-moi, il n'était pas là le soir où…

— Non, Simone, ça reste un mystère que je vais éclaircir avec lui.

— Vous continuez d'échanger ?

Je n'ai pas le temps de répondre que Simone se tourne vers Olympe en lui tendant une main.

— Olympe, tu me dois de la thune…

Belle joueuse, elle tend à Simone une liasse de billets de cinq euros.

— Tu m'excuseras, je n'ai pas la monnaie.

Je m'étouffe à moitié.

— Vous pariez sur mes histoires, maintenant ?

— On s'occupe comme on peut, reprend Simone. Mais continue ton explication.

— J'ai été victime de quelque chose qui me dépasse. Inscrit dans mes gènes et qu'aujourd'hui je comprends et que j'apprivoise. Que mon chef ait agi ainsi a été un déclencheur. C'est en ça que je vous dis que ça devait arriver.

— Un déclencheur de quoi ?

— De la connaissance de qui je suis et de ce que je vais faire pour que ce genre d'acte n'arrive plus jamais. Je porte une double histoire. Maintenant, je suis armée pour les faire coïncider.

— Et tu as un plan ? s'enquiert Olympe.

— Oui. La vengeance.

— Bien, alors je crois qu'on peut te présenter notre invitée mystère.

Elle se lève pour ouvrir la porte du restaurant. J'interroge Simone du regard. Cette dernière ne répond pas. Elle digère mon explication confuse. Un bruit de talons attire mon oreille. Olympe revient, devançant une femme dont je connais l'allure et le prénom, mais dont je ne comprends pas la présence.

— Joséphine, voici Ève. Ève, Joséphine.

Ève s'installe à table. Jean noir, chemise blanche, talons, cheveux longs. Elle allume une cigarette et m'interpelle.

— Tu es très difficile à joindre, mademoiselle Ikeda.

Le ton va avec le personnage. Séducteur et franc.

— Considère que tu as réussi, puisque tu es en face de moi.

— Nous nous sommes croisées de brigade en bridage. Mais je n'ai pas ton talent. Je ne dis pas ça pour te flatter, mais cela explique le fait que nous n'ayons pas travaillé bien longtemps ensemble.

Simone semble savourer chaque parole. Mais je n'en crois rien.

— Pourquoi voulais-tu me rencontrer ?

— Pour connaître la vérité. Savoir ce qu'il s'est réellement passé ce soir-là. Savoir si c'est vrai que tu n'entends plus les hommes…

Que mon état soit connu de cette étrangère m'alarme.

— Les nouvelles vont vite.

— Plus vite que tu ne le crois, Joséphine, m'indique Olympe en ouvrant les mails sur son ordinateur et en posant devant moi son portable.

Des messages. Par dizaines. Comportant tous mon nom, posant des questions sur mon état. Livrant d'autres témoignages.

Je questionne Olympe du regard.

— Ça a commencé le jour de ton départ. Des bruits ont filtré des cuisines, les gens nous ont contactées, Simone et moi. Ça parle, ça pose des questions. Et comme tu te doutes, d'autres cheffes nous écrivent pour nous raconter leur quotidien.

— J'ai besoin d'un verre.

Je n'ai pas reçu de soutien pendant mon apprentissage. Encore moins dans les brigades où je suis passée. Certes, j'ai noué des amitiés solides, mais là, ça dépasse tout.

— C'est étrange, pas vrai ? relève Ève. Personne pour t'aider quand ça se produit, et soudain, l'effet de masse. L'individu devient bon quand il oublie d'être lâche.

— Et toi, qu'est-ce que tu viens faire dans cette histoire ?

— C'est vrai, que tu ne les entends plus ?

Étrange observation de cette femme qui collectionne les hommes.

— Oui, c'est vrai.

Elle allume une nouvelle cigarette sur l'ancienne à peine terminée.

— Et tu te sens comment ?

— Consciente qu'il ne faut pas gâcher cette opportunité.

Simone et Olympe s'agitent sur leurs chaises.

— J'ai mis du temps à comprendre ce que vous vouliez me dire. J'avais besoin de digérer. C'est désormais plus clair, même si c'est difficile à expliquer. Je dois vous paraître incohérente…

— C'est pourtant évident, enchaîne Ève. C'est pour cela que je voulais te rencontrer. Je travaille dans la brigade qu'on t'a forcée à quitter. J'ai failli subir la même chose que toi. J'ai préféré une autre voie.

Simone va pour ajouter un commentaire, aussitôt retenue par Olympe.

— Je couche avec ton ancien chef, pour être plus directe.

Ça ne m'étonne même pas. À vrai dire, tout ce qui sort de sa bouche est dénué de mensonge. Elle n'a rien à me prouver. Elle a un plan. Nous avons besoin l'une de l'autre, même si notre duo semble mal assorti.

— Comme t'a expliqué Olympe, tu n'es pas la seule à avoir vécu des brimades, des violences. Pour certaines, c'est allé jusqu'à l'agression pure et dure. Personne ne parle, tu le sais mieux que moi. Ça se termine avec un chèque et on passe à autre chose. Il est temps que ça cesse.

— Et qu'est-ce que tu proposes ?

— De faire tomber les masques et de commencer par lui. Dans quarante-huit heures, il fait une conférence de presse où il va annoncer son départ pour un nouveau lieu prestigieux. La presse, les influenceurs, les critiques, tout le monde sera là.

— Je repose la question. Qu'est-ce que tu proposes ? Une coalition pour mettre fin au harcèlement dans les cuisines ? Une manif pour stopper les mains aux fesses et les abus de langage ? Un rassemblement pour que l'omerta cesse en cuisine ?

— Appelle ça comme tu veux, je n'y connais rien en marketing.

— Tu t'es pourtant bien renseignée, la coupe Simone.

— Je pose des questions, on me répond, c'est aussi simple que ça. C'est la violence qui t'a fait perdre la voix des hommes, je me dis que la violence peut te la rendre.

Elle se lève sans un regard pour la tablée. Je ne peux pas mener cette révolte seule. Je n'arrive pas à la définir comme une ennemie. Elle couche avec le porc qui m'a laissée penser que je ne serais jamais cheffe. Elle veut monnayer son témoignage. Acculer cet homme que je souhaite voir perdu. C'est suffisant.

— Attends.

Ève est devant la porte et ne prend pas la peine de se retourner.

— D'accord, je vais le faire.

— Parfait.

Elle se tourne vivement, un léger sourire aux lèvres. La main sur la porte, elle ajoute :

— On reste en contact.

Elle part. Olympe débarrasse pendant que Simone pense trop haut.

— Tu es sûre qu'on peut lui faire confiance ?

— Non.

— Alors pourquoi y aller ?

— Parce que tu sais aussi bien que moi que nous n'aurons qu'une seule chance. Seule, je ne l'aurais pas prise. Elle veut récupérer de l'argent ; moi, mon honneur.

Olympe s'avance un café à la main.

— Je viens avec toi.

Je la remercie en nichant ma tête contre son épaule. Simone nous regarde, colère. Mais comme tout, cela ne dure qu'un temps. Elle passe un bras autour de nous et nous nous étreignons.

— Tu as peur ?

— Non, je crois que c'est pire. Je veux en finir.

Le congre

Poisson marin gris-bleu foncé, très vorace, appelé aussi anguille de mer, qui vit dans le creux des rochers.

Aujourd'hui, j'ai fait s'effondrer un homme. Je ne m'en savais pas capable. Et je n'en tire aucune jubilation. Je m'endors dans un lit qui n'est pas le mien. Je suis avec No. C'est un endroit de paix. Le seul dont j'ai besoin.

Entre le dîner avec Olympe, Simone et Ève, et cet instant, je n'ai été qu'action. Force est de constater qu'Ève ne brille pas en cuisine mais qu'elle a le sens des actes. En quarante-huit heures, nous avons mobilisé une équipe composée de femmes et d'hommes avec un point commun : tous ont connu l'humiliation devant l'assiette, le mal de ventre d'avant le service, la nausée du petit matin. J'en ai reconnu certains ; pour d'autres, moins proches de moi, les savoir eux aussi touchés par le fléau du harcèlement a été un choc. Je ne nous aurais pas imaginés si nombreux. Si nombreux à vouloir agir, si je vais au bout de ma pensée. Des courageux qui disent un matin « stop » et qui, pour arriver au « plus jamais ça », se regroupent. Tout cela furtivement, sous le radar, sur une application au nom si bien trouvé : Discord.

Pas un seul instant je n'ai imaginé mal agir. Tous nous avons digéré notre tristesse et reconstruit par-dessus nos peines. J'ai également évolué sur ma position. Ajouté autre chose à la violence pure de l'acte. Cette préparation a fait s'éloigner la peur. Et quand le dimanche soir est arrivé, tout était prêt. J'avais même oublié mon angoisse de cette nuit, veille de reprise de travail.

Chacun sait ce qu'il doit faire. Du groupe qui intervient pendant la conférence de presse, à celui qui doit se rendre en cuisine, sans oublier ceux qui vont voir les clients en salle. Pour que tout change, il faut commencer avec eux.

Je veux une action dans la joie, une certaine folie et un peu de bordel. J'ai longtemps réfléchi pour trouver le ton juste et la bonne attitude de cette action. Comment ne pas passer à mon tour pour celle qui harcèle ? C'est ma grande hantise. J'ignore encore comment, mais la réponse est arrivée de Paimpol un matin sous la forme de deux gros cartons. À l'intérieur, des vestes colorées et un énorme pot de haricots. Le mot de maman était en dessous.

Joséphine, pendant la fête de Setsubun, qui marque le passage de l'hiver au printemps, il est coutume de jeter des haricots dans sa maison pour chasser les démons. Je sais que tu sauras en faire bon usage.

Les démons dehors, le bonheur dedans, n'est-ce pas cela à quoi j'aspire ?

Lundi matin. Le restaurant de Simone ressemble à un théâtre de kabuki. Nous sommes là, grimés pour certains, avec des masques pour d'autres. Incarnant des personnages pour mieux dompter nos émotions. Pour mieux se dissimuler, aussi, et passer la sécurité à l'entrée de l'hôtel. J'ignore comment Olympe a procédé, mais elle a déniché une série de vestes de kimono supplémentaire avec un motif de fleurs de cerisier. Nous sommes une armée fleurie avec des revendications claires. Ève passe d'un groupe à l'autre, vérifiant les derniers ajustements, le texte à distribuer aux clients. Je suis assez fière du titre : *Ce repas a été préparé à 100 % par un homme.* Célébrant dans le même temps le talent de mes confrères et l'absence de féminin. Dans ma poche, une poignée de haricots que je lancerai à la fin de mon allocution. Ici et là, les gens bavardent, se prennent en photo.

— On ne poste rien sur les réseaux sociaux avant la conférence de presse. Merci.

Ève croise mon regard alors que je relis encore et encore mes notes.

— À force, tu devrais les connaître par cœur, non ?

— C'est le cas.

— Perfectionniste ?

— Et pas qu'en cuisine.

Ça la fait rire.

— Ève, tu vas faire quoi, après tout ça ?

Elle soupire. Cette femme a toujours un coup d'avance.

— Prendre l'argent et partir loin. Je te l'ai dit, ta situation et la mienne nous permettent un drôle de sens de l'à-propos. Tu m'exploites, je tire profit de toi. Je crois qu'au fond, c'est ça, le vrai sens de la sororité.

Elle a l'élégance de ne pas être politique. Nous pourrions nous remercier l'une l'autre de cette action. Mais ni elle ni moi n'en avons envie. Alliées de circonstance. Nous réclamons justice.

— Comment crois-tu qu'il va réagir ? me demande-t-elle.

Je hausse les épaules.

— Qui sait ? Et puis, de toute façon, je ne l'entendrai pas.

Ma rédemption auditive est au bout de cette journée. Je le sens. De sa bouche, j'ai déjà tout entendu. La libération est là : de pouvoir à mon tour tout dire sans avoir à écouter.

Mon portable vibre, il n'arrête pas. Entre smileys et quelques fautes d'orthographe. On s'écrit notre joie d'une vengeance saine. Le triomphe des Justes avec plus de couleurs et une envie d'en découdre par les mots. Pierre, que j'ai alerté à demi-mot, se tient évidemment informé. No n'est pas loin. Il a œuvré en silence auprès de quelques chefs, qui préparent plus tard dans la journée une tribune. Au milieu de tout cela, maman m'adresse des photos plus ou moins réussies de potentiels prétendants tout en me proposant d'organiser une rencontre virtuelle. Et papa ? Il m'envoie tous les jours le menu assorti de quelques questions. Sa plus jolie marque de confiance. Celle que je n'attendais pas. Je n'ai d'ailleurs rien trouvé à redire à ses maquereaux badigeonnés de moutarde, déglacés au vinaigre et servis avec des pommes de terre.

10 heures, Simone tape dans ses mains. Il est temps. Olympe prend la tête de l'équipe qui va distribuer aux clients notre manifeste. Ils partent en premier. Simone, comme une évidence, ira en cuisine, bien accompagnée parce qu'on n'est jamais trop prudent. Je suis avec une quinzaine de membres,

dont Ève. Nous nous occupons de la conférence de presse. Je serre Olympe et Simone dans mes bras.

— Est-ce que je suis complètement inconsciente ? Même s'il est trop tard pour s'interroger.

— Nous le sommes toutes. Et, maintenant, lève la tête, me répond Simone.

Chemin en métro silencieux. Ève part quelques mètres devant. Habillée comme à son habitude. La raison est simple. Le chef la veut à ses côtés pour l'annonce de son départ. Elle s'accommode de son rôle. C'est notre cheval de Troie pour accéder à la salle de presse. Je nous regarde, élégants, fleuris, masques à la main pour certains. Teint blanc et lèvres colorées pour d'autres. J'ai un chignon haut natté et la bouche cerise. À quelques pas du restaurant, j'aperçois André qui entre précipitamment dans le grand hall. Le chef l'a-t-il seulement prévenu ? À son attitude affolée, j'en doute, à moins qu'il ne se doute de quelque chose ?

— Ça va, Joséphine ?

J'acquiesce. Je ne suis pas seule. Je suis entourée de talents à qui on a un jour reproché d'être doués. Je ne suis pas seule car j'embarque avec moi des femmes et des hommes sans autre projet que de la reconnaissance. Je n'ai pas le temps de trouver une autre bonne raison d'agir qu'un message d'Ève me tire de ma rêverie.

Maintenant.

Il n'y a personne pour bénir cette action, alors je me raccroche à ceux qui ne lâchent jamais : Déba, Yanagiba et Santoku. J'ai laissé mes couteaux à la maison. Je garde leurs qualités dans mon cœur. Après ça, je pourrai les retrouver la tête haute. Vengée une fois pour toutes.

Le hall de l'hôtel n'a pas du tout changé. La conférence de presse est fléchée. Personne n'arrête notre groupe, pourtant bruyant. Comme pour un mariage, la porte de la salle est ouverte. Au cas où quelqu'un souhaiterait s'y opposer ? C'est mon rôle du jour. Des chaises de part et d'autre, remplies, et une allée centrale. L'allégorie file devant mes yeux. Quelques photographes également. Je vois André debout contre le mur. Il est pâle. Visiblement pas prévenu de ce nouveau coup d'éclat. Il n'a encore rien vu. Ève est présente. Impassible. J'avance entourée de mon escorte colorée. Le chef parle. Ou plutôt, j'imagine. Je ne perçois que ses lèvres qui remuent dans le vide. Enfin il me voit. Il agite les bras en moulinets désynchronisés. Les têtes se tournent, les gens murmurent. J'avance jusqu'à l'estrade. Il est beaucoup moins menaçant en mode *mute*. Devant tant de monde, il est faible. Il ne peut plus saisir mon cou, ni attraper mes cheveux. Il ne peut plus me traîner à terre. Me cracher dessus et en rire. Devant le monde qu'il a convoqué pour un instant de gloire, il va enfin me laisser briller. Au premier rang, je vois les visages interloqués de ses nouveaux employeurs. Je leur souris. André me regarde. De blanc, il a viré au vert. Pour la première fois, il me fait de la peine. Je comprends que lui aussi, d'une certaine manière, a enduré le pire avec cet homme qu'il a pourtant choisi.

Je me pose devant le micro sans un regard pour le chef qui cherche une place sur l'estrade avant de finir par reculer. Première victoire. Il est trop tard pour fuir.

— Mesdames et messieurs, bonjour. J'aimerais m'excuser de vous interrompre, mais m'excuser, c'est ce que j'ai fait tout le temps que j'ai passé dans la brigade de ce palace. Je m'appelle Joséphine Ikeda, ex-cheffe de partie poisson de cet endroit merveilleux. Il y a quelques semaines, cet homme que vous venez célébrer s'en est pris à moi de manière physique et verbale. Il m'a molestée, menacée, renvoyée. J'ai quitté ce lieu par la porte de service, la bouche en sang et le cœur en miettes. Et à mon réveil le lendemain matin, je n'entendais plus les hommes.

Je guette une réaction dans l'assistance. Je me dis que quelqu'un va me traîner dehors. Encore une fois. Rien n'arrive. Les influenceurs et les journalistes ont remplacé leurs carnets de notes par leurs portables.

Silence, ça tourne.

— Je ne suis pas la première à qui ça arrive. Je souhaite être la dernière à devoir en parler de manière si frontale. Quitte à choquer. Pour ça non plus, je ne vais pas m'excuser. Si la France est célèbre pour son art culinaire, elle ne l'est pas pour la conduite managériale de ses brigades. Pendant mes années de cheffe de partie, on m'a plus parlé de mon cul que de mes compétences. De la forme de mes seins, que de celle de mes assiettes. On évoque souvent l'importance des circuits courts, de la qualité des mets. On ne parle jamais de celles qui les préparent. Et pour cause : elles sont invisibles, même si quelques quotas tentent de les faire exister.

Le chef est sur le bord de la scène, écumant de rage. Je le vois s'agiter et essayer de reprendre la parole. Faire du bruit pour être entendu. Mon médecin avait raison, on se porte beaucoup mieux loin du boucan des hommes. Prisonnier de cette foule qu'il a convoquée et qui l'oblige à une tenue parfaite, il n'a plus le choix. Il dévisage Ève, qui regarde ailleurs. Il ne comprend pas. Le piège se referme, et ça n'est pas moi qui en suis l'instigatrice.

— J'ai beaucoup hésité à venir vous parler aujourd'hui. Je suis de celles qui font et qu'on ne voit pas. Je ne suis pas militante. Mais un simple fait a tout changé. Ne plus entendre les hommes m'a minée, puis libérée. Si je m'exprime d'une voix forte et claire, c'est parce que je ne risque plus d'écouter des retours blessants, voire des insultes. Je me suis guérie. Je prends la parole aujourd'hui pour celles et ceux qui ne le peuvent pas. Il est grand temps que la peur change de camp. Et que la patrie de la bonne bouffe, qui est aussi celle de Guignol, ose enfin dire tout haut ce qui se produit tout bas.

Je vois un homme, au premier rang, un traducteur sans doute, tenter de coller au plus près de mon discours. Je lui laisse le temps de finir ses phrases avant de continuer :

— À ceux présents dans la salle et qui viennent des brigades, je suis là aujourd'hui pour vous demander de ne jamais avoir peur du talent des autres. Un chef, une cheffe est là pour transmettre et accepter que l'autre ne soit pas comme lui. C'est un passeur, quelqu'un qui montre la voie. On a intérêt à travailler avec le talent des autres. Quand on en arrive à harceler pour exister, c'est qu'on ne pense pas à la finalité de notre métier : faire saliver et rendre heureux. On ne peut pas rendre heureux quand on est victime d'une maltraitance quotidienne. Aux clients, je n'ai qu'une question : que feriez-vous à notre place ? Pourriez-vous continuer de vous réjouir en travaillant avec l'angoisse au ventre ?

La peur de la main aux fesses, l'angoisse d'aller chercher des légumes dans les frigos ? Seriez-vous satisfaits de déguster des plats préparés dans la souffrance ? Pourriez-vous sentir la différence ? Pour le moment, je ne peux pas répondre à cette question, mais une chose est sûre, vous ne pourrez plus dire : « On ne savait pas. »

Dans la salle, il se passe quelque chose que je ne mesure pas. Le chef tente une esquive mais André s'est rapproché de la scène. S'il descend, c'est André qui le sort. Car tout le monde a bien compris de quoi il s'agit. Il est temps de conclure. Mon portable vibre. Où en sont les autres ? J'ai chaud, j'ai soif, et je sens son souffle contre moi. C'est à lui que je m'adresse, les yeux dans les yeux.

— J'ai cru mourir dans votre brigade. Sachez que ça n'arrivera plus.

Je quitte la scène en triturant les haricots dans ma poche, pendant que le reste de l'équipe distribue les tracts préparés avec soin. Au recto, une phrase choc, entendue en cuisine par ceux qui se battent enfin. Au verso, une liste d'une dizaine de propositions pour que ça n'arrive plus jamais. Un hashtag aussi. Des journalistes viennent à moi. Je leur fais un signe de la main et les invite à se retourner. Ève est sur scène. Elle prend la parole. À son tour, elle se libère.

C'est le coup de grâce. Le chef quitte l'estrade et s'enfuit par la petite porte. Je sais qu'il ne va pas aller loin. André s'approche de moi et tente de me parler. Je lui fais non de la tête et masque mes oreilles. Il se souvient de mon état et sort son portable. Je lui tourne le dos pour quitter cette salle où je viens non pas de semer le chaos, mais de dire la vérité. Je n'ai que quelques mètres à faire pour le lire.

Joséphine, je n'ai pas les mots. Ma porte est toujours ouverte. J'ai besoin de vous. Et pardon.

C'est un début. Nous retrouvons l'équipe d'Olympe qui sort avec le sourire du restaurant.

— Alors ?

— Un vrai bazar, s'amuse-t-elle.

— Et les clients ?

— On a eu de tout, tu sais, mais globalement le message passe, aie confiance. Où est Simone ?

— En cuisine, j'imagine. Ils sortiront par la porte arrière, viens.

— Attends, me dit Olympe.

— Quoi ?

Elle sort de sa poche une poignée de haricots qu'elle jette en l'air. Toute l'équipe fait de même en laissant éclater un cri mêlé de rage et de joie.

— Allons-y !

Le temps de nous presser, et je vois Simone à la tête de son groupe devant la porte de service. Le sourire aux lèvres. On se serre dans les bras de manière vive et fugace.

— Ne restons pas là, assène Simone. Ils vont peut-être arriver.

— Qui ? Eux ? interroge Simone en désignant la cuisine. Ça m'étonnerait. Pas après ce que je leur ai fait.

— C'est-à-dire ?

— Tu sais, Joséphine, la méthode classique : menace, torture, intimidation…

— Simone…

Nous plongeons sous terre et attrapons le premier métro. Le temps pour Simone de nous raconter la confrontation plutôt tendue avec l'équipe.

— Le sous-chef ne te porte définitivement pas dans son cœur.

— On s'en fout, que lui as-tu dit ?

— Qu'il avait intérêt à vider son sac et à assumer. Qu'ils avaient tous intérêt à parler. Et à s'amender. Que j'avais leurs noms et que jamais je ne les ferais bosser. Que cette liste était déjà en circulation et que des excuses ne serviraient à rien.

— Ils ont dû apprécier.

Sourire mystérieux sur les lèvres de Simone.

— Pas vraiment. Dans le doute, je vais renforcer l'assurance du restaurant…

Un instant paniquée, j'interromps Simone. Ça n'est donc que le début.

— Tu penses qu'ils peuvent nous retrouver ?

Elle éclate de rire.

— Pour quoi faire ? On a renversé la table, ma belle. Crois-moi, ça ne fait que commencer. Nous étions la première étape. N'oublie pas qu'en fin de journée, No et ses confrères sortent une tribune. C'est juste le début.

No. Il nous attend sur le quai de la prochaine station. J'ignore qui l'a prévenu. Simone me confie à lui. Je ne comprends pas.

— Tu comprendras, me dit-elle.

Avec d'infinies précautions, il prend ma main et me conduit vers la sortie. J'ai le feu aux joues. Je le suis à l'aveugle. Nous passons une porte cochère, puis grimpons trois étages. L'appartement est chargé de lumière, les murs du salon sont bleu de Chine. No m'assied sur le lit et s'absente quelques instants. Il revient avec du coton et du démaquillant et, doucement, fait réapparaître la vraie Joséphine. Sans mascara, sans lèvres cerise, sans teint de geisha. Il sourit, pose un oreiller sous ma tête. Je suis exsangue, dans le lit de No, et je m'endors.

Le gardon

Poisson des eaux douces
de l'Europe tempérée.

J'ai toujours mes vêtements, froissés comme mes souvenirs. Je sais où je suis. No est dans le salon, la télévision allumée sans le son. La radio veille et crépite. Je saisis la fin d'un reportage à la volée. J'entends. J'écoute. Le silence ne me convient pas. Je m'assois sur un canapé gris et rond. No me regarde, sourit et pose un thé devant moi. Quel ton peut avoir sa voix ? Ronde, grave ? J'ai maintenant peur de savoir. Je me lève à la recherche de mon téléphone. Ce dernier est saturé de messages de toutes sortes : MMS, SMS, quarante-trois appels en absence. Je ne comprends pas. No remue ses lèvres et m'indique la télévision. Une présentatrice brune apparaît. Dans l'image incrustée, une vidéo filmée au smartphone montre des images de la conférence de presse. Mon visage de poupée peinturlurée apparaît pleins phares.

— Monte le son, s'il te plaît.

La journaliste parle par-dessus ces images. Elle est désormais en split-screen, elle à gauche de l'écran, moi à droite. Je ne sais qui je dois regarder. Sous l'image, un bandeau charté laisse apparaître un titre sans équivoque. « Gastronomie : révolte en brigade. »

L'image repasse en plan large et je découvre des invités sur le plateau. Esther Kayler, une chroniqueuse gastronomique avec qui j'ai déjà échangé, et Astrid Sheraton, une attachée de presse reconnue dans le milieu. Je tente de me concentrer sur le débat, puisqu'il s'agit de ça. Trois femmes pour parler cuisine, est-ce qu'Escoffier se retourne dans sa tombe ?

— Merci à toutes d'être là, commence la journaliste. Si vous nous rejoignez, je vous rappelle le sujet dont nous discutons. Gastronomie : la révolte en brigade. Ce matin, alors qu'un chef célèbre de la place parisienne annonçait son départ pour un prestigieux lieu à Dubaï, ce dernier a vu sa conférence de presse interrompue par une jeune femme qui l'a accusé d'agression. Vous voyez justement la scène filmée par l'un de nos journalistes sur place. Elle s'appelle Joséphine Ikeda et officiait, jusqu'à récemment, au sein de ce restaurant. Pour ce qu'on en sait à l'heure où nous parlons, cette jeune femme aurait été licenciée suite à un dîner d'exception donné en l'honneur d'un chef étranger. Plus surprenant encore, à la fin de la prise de parole de cette cheffe, une autre jeune femme s'est présentée au public et a raconté avoir subi des pressions de la part de cet homme. Bien évidemment, nous parlons de tous ces faits avec beaucoup de prudence pour respecter la présomption d'innocence. Pour aller plus loin, je me tourne vers vous, Esther. De mémoire de chroniqueuse culinaire, aviez-vous déjà connu ça ?

Esther se redresse sur son siège. La cinquantaine fière, une cascade de cheveux roux, elle remonte sur son nez des lunettes vintage. Elle est un personnage et surtout une excellente plume. Elle aime les mots à la folie, elle fait naître des carrières et sait trouver le ton pour vous faire saliver quand elle parle d'un bouillon.

— Non, je n'ai jamais connu ça. Bien évidemment, personne n'est dupe. La cuisine, comme de nombreux métiers, fait la part belle aux hommes et à une poignée de femmes. D'ailleurs, si je peux me permettre, il aurait été bien d'en discuter avec un chef, qu'on ne vous taxe pas de misandrie.

— Vous voulez dire de féminisme ?

La voix claire d'Astrid fuse à l'antenne. À trente ans, elle fait et défait la réputation des faiseurs de goûts. Fort talent et forte gueule.

— Mesdames, nous avons évidemment invité des chefs à venir débattre avec nous, mais étrangement personne ne s'est montré disponible.

Astrid rebondit :

— Eh bien, il faut le signaler. Sinon, on va vous accuser de tout et n'importe quoi. Je vous rappelle que récemment un grand quotidien français a fait sa une avec les penseurs de demain : il n'y avait que des hommes, en majorité blancs et de plus de cinquante ans. Terrible bad buzz, très mal maîtrisé en matière de communication. Il faut nommer les choses. Vous avez invité des hommes, ils ont décliné. Point. C'est pour cela que Joséphine Ikeda se bat. C'est là la portée de son message.

Je n'en reviens pas. Voilà mes propos décortiqués sur un plateau de télévision. Par des femmes, en plus. Je ne suis pas journaliste, mais à sa place je saliverais. Des invitées reconnues, avec de la verve, j'imagine que c'est du pain bénit pour l'audience.

— Vous la connaissez ?

Je m'enfonce plus profondément dans le canapé, ma tasse à la main. Je suis happée par l'écran.

— Je connais sa cuisine et son talent. C'est une remarquable cheffe de partie. Le poisson, tout le monde s'en fout en cuisine. Ça pue, il y a des viscères, des arêtes… J'ai déjeuné plusieurs fois dans le restaurant où elle officiait. Chaque fois, j'ai été bluffée par la précision de la découpe, la réflexion dans l'accompagnement.

— Je confirme, renchérit Esther en refixant ses lunettes.

— Ce restaurant a gagné une carte bien plus raffinée. De nombreux convives venaient d'ailleurs pour les plats de poisson.

Mais de qui parle-t-elle ? Qui est donc cette fille si douée, qui porte le même prénom et le même nom que moi ?

Je suis contre No. On se regarde, puis l'image nous dévore. Je suis sonnée, lui ne semble pas étonné. J'ai du mal à croire ce que je vois. Moi, j'ai provoqué ça ? La présentatrice m'apporte le complément d'information nécessaire.

— Il est à noter que sur les réseaux sociaux remontent des actions similaires. De nombreux messages sont postés sur Twitter par des femmes cheffes et des hommes, précisons-le, qui parlent de leur calvaire en cuisine. À Barcelone, Berlin et Londres, plusieurs grands restaurants ont été envahis de manifestants qui ont distribué des tracts identiques à ceux de Paris.

L'écran se coupe en deux, dévoilant une série d'extraits de vidéos verticales. En gros plan, des protestations identiques. Des tracts écrits en plusieurs langues avec des slogans, « Repas 100 % masculin » ou encore « Cuisine : où sont les femmes ? ». J'en reste ébahie. Quelque part dans le salon mon téléphone sonne plusieurs fois. Des numéros inconnus s'adressent à mon répondeur.

La journaliste relance :

— Astrid, vous êtes attachée de presse et vous faites briller des chefs en vue, voyez-vous une différence d'approche entre les hommes et les femmes en cuisine ?

Astrid replace ses cheveux dans un mouvement élégant et prend appui sur la table.

— Dans mon métier, je n'ai jamais connu de problème de sexisme ou de harcèlement. Je garde une certaine distance. J'aime les chefs avec qui je travaille. Mais je vais vous confier une anecdote. Hier, j'avais rendez-vous avec un étoilé. Je l'avais aperçu la veille, j'étais plus apprêtée que lors de ce rendez-vous professionnel. Il m'a vue arriver et m'a déclaré : « Ben, Astrid, hier tu étais pomponnée dans une robe sexy, et aujourd'hui tu débarques en jean. T'as tes règles ? » Je l'ai remis à sa place et j'ai proposé qu'on parle des vieux slips qu'il devait porter sous sa tenue de travail. Vous voyez, une femme en cuisine passe son temps à ça. À recadrer. Mes cheffes n'ont pas cette attitude. Elles sont dans une autre forme d'exigence pour elles et pour leurs équipes. Elles ont intégré que ça serait plus difficile pour elles et se battent deux fois plus avec des objectifs précis.

— Esther, comment expliquez-vous que les femmes progressent plus vite dans le milieu de la bistronomie que dans celui de la gastronomie ?

Je suis à deux doigts de répondre pour elle mais Esther n'hésite pas longtemps.

— Ce mouvement a été lancé par des chefs épuisés par les règles et les contraintes de la gastronomie. Il y a un rapport plus humain dans cette approche. Une salle plus petite. Une vraie proximité entre le chef et son équipe. Une brigade, c'est comme à la guerre. Il y a des grades, et peu d'entraide. Moins de polyvalence, aussi. Cette tendance permet aux femmes de grandir plus vite. De passer les échelons plus facilement. Dans un rapport de confiance et de proximité.

— Justement, reprend la journaliste. Est-ce que la course aux étoiles ne crée pas déjà toutes les conditions d'une pression inhumaine propice aux dérapages ?

Astrid prend la main.

— Vous savez, deux semaines avant le Michelin, je passe mon temps à faire la nounou. Je m'aperçois que, souvent, les hommes ont davantage besoin d'être rassurés. Ils cherchent une forme d'approbation, beaucoup plus que les femmes. Même s'ils ne l'avoueront jamais.

Esther enchaîne :

— Il y a une similitude entre certains chefs et les footballeurs. Ils se marient jeunes, font des enfants. Parfois, ils trompent leurs femmes...

— Avec une plus jeune, la coupe Astrid.

— C'est une caste. Soit ils s'adorent et c'est à la vie à la mort. Soit ils se détestent, et ils s'évitent.

Astrid en profite. Je devine que pour elle c'est l'occasion d'aller au bout des choses.

— J'appelle ça la logique de l'entre-couilles. Oui, pardon, nous sommes à l'antenne. Mais cette vérité existe. Le clan avant le reste.

Le regard de la journaliste se pose sur le cadran de l'horloge digitale, il lui reste deux minutes pour conclure.

— Merci à vous deux pour cet éclairage. Une dernière question : lors de son intervention, Joséphine Ikeda a expliqué ne plus entendre les hommes. De manière littérale. Cette jeune femme est coupée de la population masculine. Comment vous sentiriez-vous à sa place ? Esther ?

— Disons que, parfois, ça me ferait du bien. Combien de fois ai-je entendu, en arrivant dans un restaurant pour réaliser une critique : « Ha ? C'est vous qui écrivez ? » Quand j'ai débuté dans ce métier, je me forçais à ne pas être trop souriante. Je n'étais pas sympathique. Je posais tout de suite une ou deux questions pour rentrer dans le cœur du sujet et être sur un terrain d'égalité. Je me rappelle également que je prenais des notes pendant mon repas, ça les rassurait.

Astrid continue, de manière plus directe :

— Je serais assez triste. Les échanges que j'ai avec mes chefs sont uniques.

Sur le canapé, je valide les deux approches. J'ai un manque et je suis libre. Encore une fois, c'est parce que des inconnues m'éclairent que je prends conscience de cette chance qui s'offre à moi.

— Rapidement, car nous ne sommes pas loin de la fin de l'émission, quels sont les chefs qui vous ont marquées ? Esther ?

— Je dirais Bernard Loiseau. Je l'ai appelé trois semaines avant qu'il ne se suicide. Je travaillais à l'époque pour un magazine qui n'avait pas pignon sur rue. Je lui ai laissé un message. Il m'a rappelée dix minutes après et m'a livré des recettes fabuleuses. J'aime beaucoup Anne-Sophie Pic. Ou encore Pierre Gagnaire ou Guy Savoy. Ils sont généreux, ça transpire. Ces chefs vous conduisent à table et ne comptent pas leur temps.

— Et vous, Astrid ?

— Joséphine Ikeda. Que j'ai hâte de rencontrer.

Remerciements, clap de fin, page de publicité. No baisse le son. Mon portable sonne encore. Un message d'Olympe arrive.

J'espère que tu as pu te reposer. À ce soir chez Simone pour fêter ça !

Il y a une euphorie dans l'air à laquelle je suis définitivement hermétique. J'ai déclenché un mouvement que je ne maîtrise pas. Mais mon problème est ailleurs. Je me lève du canapé pour me placer en face de No.

— No, j'ai vraiment fait tout ça ?

Il m'adresse un regard d'un calme olympien et secoue la tête. Ça n'est pas ce que j'attends. Ça n'est pas ce que je veux. Je veux l'entendre. Je me suis laissée envahir par les informations, mais la seule que je souhaite est celle-ci : est-ce que la violence, est-ce que ma vengeance, m'a rendu l'ouïe ?

— No, parle-moi, s'il te plaît.

Pas de son, mais l'image. Je m'éloigne de lui, fonce dans la chambre, attrape mes affaires avec hâte. Mon sac, mon téléphone dans la main, je suis devant la porte que je claque sans me retourner. Mon portable vibre encore et toujours pour me féliciter de quelque chose que j'ai souhaité sans le vouloir. Je suis la voix des femmes. Je suis celle que tout le monde cherche. Je mens encore. Je pensais me réparer, retrouver ma complétude. Je me suis trompée. Encore. Je hèle un taxi et donne mon adresse. Je n'irai nulle part ce soir. Je rentre chez moi.

La daurade

Poisson téléostéen de l'Atlantique et de la Méditerranée, dont les espèces sont estimées pour leur chair.

Paris bruisse de rires en terrasse qui remontent jusque chez moi. Je regarde l'aquarium vide de Bulle. Hier, maman l'a relâchée dans le ruisseau de Boulgueff. Elle est libre. Et moi ? Cette soirée sonne comme une victoire, sauf à mes oreilles. J'ai donc fait tout cela pour rien. La télévision en *mute* continue de relayer les images de la journée. Et mon téléphone sonne sous l'assaut de ces gens que je ne connais pas qui souhaitent me parler. À leurs yeux, je suis une briseuse d'omerta, une héroïne d'un nouveau genre. Des politiques, des sociologues analysent mes actes et mes mots. J'ai voulu écouter au début, et puis je me suis aperçue que les spécialistes ne se conjuguaient qu'au masculin. Je lis donc les bandeaux, plus factuels. J'ignore comment mais j'ai reçu des messages d'Astrid, l'attachée de presse, et d'Esther, la chroniqueuse gastronomique. Sur Internet, je vois défiler des messages d'encouragement, de soutien. D'autres moins flatteurs. J'essaie de ne pas concentrer mon esprit sur ceux-là. Papa m'a écrit un message sibyllin.

Drôle de clou que ma fille.

Maman aussi, qui semble pour un temps avoir oublié son souhait de me trouver un prétendant.

Je ne saisis pas le sens de ce que je viens de faire. C'est là tout mon drame. Olympe a essayé de me joindre trois fois. J'ai laissé sonner. Je n'ai pas de nouvelles de No. Je n'en attends plus. J'entends des pas derrière ma porte qui me terrorisent autant qu'ils me grisent. J'imagine mille scénarios comme l'enfant apeurée que je ne suis plus. Moi, Joséphine Ikeda, je viens de jeter un premier pavé dans la mare du silence. Mon histoire est celle de beaucoup d'autres, un choix de passion. J'ai été prête à tout pour ce métier. Travailler soixante-dix heures par semaine pour être payée 1 300 euros. Ne plus avoir de vie sociale, oublier de manger. J'ai été confrontée pendant mon apprentissage à une génération choisissant la cuisine par dépit. Je suis arrivée là par choix. J'ai laissé des gamins de seize ans me mépriser. Dans la cuisine, il y a des codes pour tout. Il faut savoir exactement comment les choses fonctionnent. Même quand il s'agit d'attraper une casserole. Il y a un sens, une méthode. Chaque fois que je me suis brûlée parce que quelqu'un retournait l'ustensile, j'entendais cette phrase : « C'est le métier qui rentre. » Chaque blessure en appelait une autre. Tout ça sans un mot et en serrant les dents.

Je me suis mis en tête que j'étais vierge de tout a priori. Face à mon aquarium vide, je me souviens de ces listes d'offres pour des stages qu'avaient nos formateurs, et où il était écrit clairement en rouge la mention : *Pas de femmes.*

Je me rappelle encore une expérience enfouie. Et une fessée devant toute la brigade, donnée par mon chef du moment, qui m'avait demandé d'aller chercher un cuissot de biche. Je ne voyais pas à l'époque à quoi correspondait ce morceau. Il m'avait saisie devant toute l'équipe et avait attrapé mes fesses en me disant, droit dans les yeux : « Un cuissot de biche, Joséphine, c'est ça. » L'équipe avait ri, je m'étais tue. Je n'étais jamais revenue. Je voulais déjà devenir cheffe de partie poisson. Je me suis obligée à oublier.

J'ai connu un étoilé qui passait son temps un chronomètre à la main et qui, une fois sa démonstration faite, attendait de moi que je la reproduise avec la même dextérité. J'apprenais encore. Je me rappelle ses soupirs dans mon cou. Ses regards et les secondes qui filaient toujours trop vite.

Ce soir, je devrais me réjouir en me disant que ça n'arrivera plus. J'ai créé une première fois. Si je suis si mal, c'est parce que le but du jeu était ailleurs. On parle de moi comme d'une nouvelle voix. Alors que je veux juste retrouver ma normalité. Sortir, danser, cuisiner, faire l'amour et entendre le plaisir de l'autre. Je suis une égoïste qui a transformé son problème auditif en cause universelle. J'ai lancé quelque chose de plus grand que moi et que je ne mérite pas.

On frappe à la porte.

— Joséphine ? Ouvre, je sais que tu es là.

Le ton péremptoire de Simone ne me permet pas de refuser. C'est dire si j'ai encore des progrès à faire. Elle entre dans l'appartement, s'installe sur le canapé et attend. Je porte encore ma tenue au motif de cerisiers. J'ai des traces de maquillage dans les cheveux.

Simone ne bouge pas. Elle ne tchipe pas encore mais la moue de ses lèvres n'augure rien de bon.

— Je ne vais pas venir. Tout ça… ce n'est pas moi. Je ne sauve pas des vies. Tout ça me dépasse, et j'ai l'impression de ne pas être à ma place.

— Qu'est-ce que tu croyais, Joséphine ? Que faire tomber ce salaud te rendrait ton audition ?

— Oui, pour être honnête, oui, je ne pensais qu'à ça. Et à rien d'autre. Je n'imaginais pas que ma parole pourrait provoquer autre chose, d'ailleurs.

— Buvons, annonce-t-elle en se levant et en se dirigeant vers la cuisine.

— Simone, attends, pardon. Je suis désolée de te décevoir. Je sais que tu avais de grands projets pour moi. Mais je ne suis pas toi.

Elle me tourne le dos.

— Joséphine, je n'ai pas de recette toute faite. Je ne suis pas là pour t'endoctriner ou t'aider à te développer. Je vais te dire une seule chose. Toutes les ruptures mettent à l'épreuve. On y laisse un bout de soi. Ce qui t'est arrivé a radicalement ébranlé ton identité supposée. Tu sais, la Joséphine volontaire, l'oursin en cuisine qui envoie son énergie à qui veut bien la saisir.

Porte du frigidaire, bruit de bouchon, vin qui coule. Elle me regarde droit dans les yeux.

— Je ne vais pas te dire qu'affronter le pire rend plus fort. Mais je crois qu'aujourd'hui, en agissant comme tu l'as fait, tu as mis de la distance avec ta souffrance. Tu nous as donné le courage d'y croire, tu as été au bout de l'action. Alors, tu peux me dire que la raison initiale était juste d'entendre les ronronnements des hommes, mais peu importe. À mes yeux, seul le résultat compte. Et ça, tu te le dois.

Elle me tend un verre.

— Tchin, ma belle. À ton honnêteté maladroite.

— Pourquoi, mon honnêteté ?

— Parce que avec ce que tu as réalisé, il serait bien que tu oublies un peu la Joséphine d'avant. Celle qui s'excuse parce qu'elle brille. Assume. Assume tout. Entoure-toi de gens qui adhèrent à ta vision. Fais-toi représenter si tu le souhaites. Pendant des années, tu as été privée de lumière. Tu es courageuse, tu es différente. Et mieux que ça, tu as la vengeance construite et collective. Tu fais quoi en 2022 ?

J'enlace Simone. Sans mots, sans paroles, sans rien. Gratuitement, juste pour ça. Pour dire merci même si j'ai peur.

— Allez, va prendre une douche, change-toi et on bouge. Tout le monde t'attend.

J'interroge Simone, pince-sans-rire :

— Est-ce que tu obtiens toujours ce que tu veux ?

— À ton avis ?

— On a des nouvelles d'Ève ?

— J'ai reçu un message, elle négociait son chèque. Ne t'inquiète pas pour elle. Penses-tu qu'elle s'inquiète pour toi ? Vous vous êtes servies l'une de l'autre. Fin de l'histoire.

— Et le chef ?

— Je te raconterai dans le taxi, ça te permettra peut-être d'accélérer.

Quand je sors de la salle de bains, Simone observe le bocal vide.

— Tu as fini par la manger ?

— Non, je l'ai emmenée en Bretagne, et maman l'a relâchée ce matin.

— Tu es partie chez tes parents avec une daurade d'eau douce dans un bocal ?

J'acquiesce. Simone s'abstient de tout commentaire en me pressant encore. Dix minutes plus tard, je claque la porte. Elle arrête mon pas. Sur le paillasson, enveloppé dans du kraft mal ficelé, un paquet porte mon nom.

— Il était là quand tu es arrivée ?

Simone secoue la tête. J'attrape le colis que je fourre sans ménagement dans mon sac. Nous filons à travers Paris. J'essaie de calmer mon cœur qui cogne et ma tête qui tourne. Je la cale sur l'épaule de Simone et je ferme les yeux.

C'est effrayant d'être le centre de tant d'amour. J'ai reçu ce soir des gratifications pour toute une vie. Coincée dans le local poubelles, je me demande quand j'ai allumé ma dernière cigarette. La soirée est trop. Trop belle, trop douce, trop tendre. Et je trouve encore le moyen de trouver ça louche. Je me réjouis de ces folles émotions. De ces gens heureux, libérés. De ces rencontres qui se font. De ces têtes qui passent sans être conviées, comme André, mais qui sont accueillies par une foule apaisée. Simone m'a raconté que le chef était mis à pied jusqu'à nouvel ordre, qu'une enquête était en cours. Que le second était également dans le collimateur de la direction. Que les langues se déliaient. Qu'André sortait renforcé de mon action et que je ne devrais pas être étonnée si ce dernier me proposait un poste.

Tabac et verre d'eau. C'est dire si j'ai la joie festive. Et si j'acceptais d'y retourner ? Ma main bute contre une surface dure. Le paquet, je l'avais oublié. À la lumière pâlotte de la sortie de service, j'ôte le scotch et ouvre l'emballage.

Un bol. Un bol en céramique cassé et réparé. Une poterie sans âge, fendue de tout son long, et réparée avec un filet d'or. Qui peut bien avoir l'idée de déposer ça au pas de ma porte ? Je vais pour jeter le papier dans la poubelle jaune, quand j'aperçois un mot inscrit au stylo noir. Écrit en japonais. C'est signé No. Encore un indice sur ma route. J'ai horreur des problèmes que je ne peux résoudre seule. Alors que la soirée en elle-même devrait me faire grandir sur le sujet. Sans Simone, Olympe, Ève et les autres, je serais probablement encore éreintée et à terre. Sans Pierre et papa, je me terrerais encore dans ma chambre d'adolescente. Sans No ? C'est parce que je souhaite entendre ce qu'il ne m'a jamais dit que je me suis réveillée. J'écrase mon mégot, attrape le bol et le papier et fonce dans la salle.

Je me fais surprendre par la musique, les cris et les rires. Ça me cueille à froid. Je peux tout à fait réfléchir à ce sujet demain. Je peux mettre en pause mes questions. Je peux rejoindre mes amis et danser sur Aretha Franklin. Olympe et Simone au centre de la scène, au cœur de ma vie. Je peux. Mais je ne veux pas. No est en retrait, près de la sortie. À croire que nous sommes deux à cultiver l'art de la fuite. Je traverse, non sans mal, l'espace et me plante devant lui. Son visage réagit à peine.

Je lui mets sous le nez le bol et le papier, et hurle plus que je ne demande :

— C'est toi ?

Il secoue la tête. Je reformule.

— Est-ce que c'est toi qui as déposé ce paquet devant chez moi ?

Même refus.

Il saisit le papier, un crayon dans sa poche et me conduit sur le trottoir. Je ne comprends rien. No semble le seul à maîtriser l'art du jeu de piste et cette double culture. Il me plaît autant qu'il m'agace. Parce que notre communication est entravée. Je désire son corps mais aussi ses mots ?

Il me tend la feuille, je peine à comprendre. Lire et après.

Joséphine, ce bol devant ta porte, c'est toi face au miroir. Tu vois un bol, c'est autre chose. C'est un art. Au Japon, on appelle ça le kintsugi : la capacité de réparer des poteries cassées avec un filet d'or. Ainsi reconstitué, l'objet prend toute sa valeur d'avoir été brisé. C'est bizarre, mais c'est ainsi. Orné de sa cicatrice, il raconte son histoire et nous enseigne qu'un accident n'est pas une fin en soi, mais peut devenir le début de quelque chose de plus beau.

Ça bourdonne dans ma tête. Je reste muette devant mon double de terre. C'est pourtant si évident. Les mots de Simone reviennent : « mettre de la distance avec la souffrance ». C'est donc ça. J'ai été abîmée, je me suis réparée. Tout au moins, je suis en cours. Cette pensée agit comme un catalyseur dans mon crâne et comme un baume sur mon cœur. J'évacue le peu de colère qu'il me reste. Ça ne résout pas le problème du qui.

No attrape mon bras avec douceur et m'incite à me retourner. Mais j'ai pressenti sa démarche. Et quelques vapeurs d'alcool de riz. Pierre est là, distant d'un mètre. Et papa est derrière moi. Il tient à la main deux verres vides. Dans son regard, un mélange d'inquiétude et de détermination. Il avise la bouteille et un rebord de fenêtre. Ouvre le flacon et nous sert. Pierre et No sont côte à côte. Mes amants imaginaires. Papa fait tinter les verres. Et si je n'entends pas le début du toast, je frissonne en découvrant entre ses lèvres mon prénom.

— À toi, Joséphine.

Épilogue

Le bol de papa trône sous cloche sur le bar. Mon premier regard du matin est pour lui. Un service le midi, deux le soir. Près de cent personnes par jour. Raisonné et raisonnable. J'aurais pu attendre, bien sûr. J'aurais pu accepter les offres reçues. Celle d'André d'abord qui, suite au licenciement du chef, m'a proposé de reconstituer une brigade et d'en prendre la tête. J'ai également été sollicitée par de jolies adresses en Europe. Prague m'a longtemps fait hésiter. Mais je n'avais plus envie de réaliser les rêves des autres. J'ai donc ouvert Kintsugi. Je suis à la tête de mon restaurant. J'ai adapté les codes à mes envies, sans en référer à quiconque. Le premier jour, je me suis effrayée de tant de liberté. On se débarrasse si difficilement des mauvaises habitudes. De la honte et du reste. De tout ce qu'on cache et qui reste derrière le passe-plat.

J'ai donc construit ma table autour d'une cuisine ouverte. Elle est le cœur du lieu. Un plan de travail principal en chêne clair autour duquel l'équipe s'affaire. Dans le fond de la pièce, côté cour, les éviers, placards et une pièce correcte pour une chambre froide. Le tout articulé autour d'une immense verrière blanche montée sur rail. Je peux, selon l'humeur et les envies, l'ouvrir et offrir ainsi une vraie proximité aux clients. Un petit théâtre du bon et du beau. J'aime quand, autour des tables, les convives ont le souffle court. Ou qu'ils hument l'air avec gourmandise.

Ici, il n'y a pas de recoins. Pas d'espace pour se cacher. On ne sabote pas la préparation d'une collègue en allumant son four à 300 °C quand elle a le dos tourné. Ici, on ne cherche pas à briller aux dépens des autres. J'ai posé un cadre de respect et d'apprentissage mutuel. Et puis, j'ai écouté Simone et composé une brigade féminine. Chez moi, les hommes officient en salle. Et comme dans tous les équilibres inhabituels, cela fonctionne. Cinq femmes en cuisine. Autant d'histoires. Certaines ont connu le mépris et les brimades. D'autres sont passées à travers les gouttes. Toutes ont un engagement. Travailler dur, garder le sourire, mais être aussi des vigies. Nous sommes connues, mon histoire a fait le tour des équipes ici et ailleurs. On sait où me trouver s'il faut agir et défendre.

La carte est simple, respectant les saisons et les arrivages. J'ai fait, en amont, un gros travail pour sourcer mes produits. Faire qu'ils aient une histoire avant même d'arriver dans les assiettes. Le poisson est au cœur de tout. Je tente de faire évoluer aussi mon approche. J'étudie davantage et me concentre, accompagnée par Pierre, sur les problématiques liées à la surpêche. Avec lui, j'ai imaginé des recettes encore plus locales et durables. Remettant en avant des produits simples. En ce moment, je me régale à préparer des étrilles, ces petits crabes semblables à ceux que j'essayais d'attraper sous les rochers sur les plages de Paimpol. Je cherche à rendre ma bisque plus savoureuse et à la réveiller avec de la citronnelle. Et je ne suis pas encore satisfaite de ma version de ce plat gratiné. La semaine dernière, en discutant avec papa, j'ai également pensé à ces poissons aux noms oubliés, la vieille ou le grondin. J'ai envie de les rendre savoureux, eux dont le nom indique tout sauf l'harmonie. D'ailleurs, je sers ce midi du grondin mariné dans un bouillon d'algue kombu et juste poêlé. Un riz parfumé accompagne le tout. Et j'ai définitivement exclu la daurade d'eau douce de mes menus. Un ultime clin d'œil à Bulle.

Maman est passée la semaine dernière. Malgré tous ses efforts, elle n'a rien trouvé à dire en cuisine. Mais a eu plaisir à passer parmi les convives pour s'enquérir de leur satisfaction face à leurs assiettes. Elle ne me parle plus de mariage pour le moment. No devrait arriver sous peu. De retour d'un trimestre en cuisine au Pérou.

À l'image de Simone, je lui ai proposé de venir poser ses valises à Paris, et qu'on puisse enfin travailler ensemble. Nous avons réfléchi à une carte exceptionnelle à base de ceviches. J'ai commandé des citrons de toutes les tailles et de toutes les saveurs pour trouver celui qui nous permettra de concocter la meilleure des bases. J'ai fait de même pour le piment. J'ai hâte de le retrouver. Je n'ai pas couché avec lui, pas plus qu'avec Pierre. À qui j'ai enfin pu dire toute la tendresse que j'avais sur le cœur. Toute ma tristesse d'avoir été si amicalement désordonnée avec lui. Et comme on s'aime comme les amis oublient parfois de le faire, nous nous sommes mutuellement pardonné.

Avec l'équipe, nous cravachons depuis neuf mois pour faire émerger ce lieu du 13e arrondissement. J'ai ouvert à deux pas de la maison. Entre une faculté et de grands bureaux de verre. Pour certains, c'est une cantine, un lieu de pause pour d'autres. Je suis chez moi.

Le travail a été long pour retrouver mon audition. C'est revenu progressivement. D'abord un chuchotement, puis un son sourd. Ça a commencé très doucement avec les premiers mots de mon père le soir de ma victoire sur la peur. Puis petit à petit. J'ai encore parfois les oreilles bouchées. De l'étonnement quand les propos qu'on m'adresse me dérangent. J'ai surtout fait face au miroir et affronté une fois pour toutes ma peur de l'imposture.

J'ai convoqué toutes les versions de moi-même : l'inquiète, la râleuse, celle qui est en colère, la jusqu'au-boutiste, et nous avons fait la paix.

J'ai répondu aux journalistes. J'ai posé mon style et mis des mots sur mon histoire. Il arrive que les clients m'en parlent. Souvent avec beaucoup de délicatesse. Quand c'est trop, je leur demande de sortir. Parfois, je suis comme Simone. Je suis la cheffe et je sors les gens de mon établissement quand ils dépassent les bornes.

Isabelle, l'assistante de mon généraliste, vient déjeuner le midi. Elle m'a confié lors de son dernier passage qu'elle pensait souvent à moi et qu'elle apprenait à se ménager du temps pour elle. Je me dis que cette histoire est plus grande que moi et qu'elle fait du bien à d'autres. Ça me tient chaud au cœur quand j'ai encore la trouille. J'ai apprivoisé le silence. Celui en moi qui criait au secours, celui des autres qui n'ont pas toujours les mots. C'est encore souvent une petite alerte. D'ailleurs, je trouve que tout est étrangement calme en salle. Je passe une tête. Esther, que je n'attendais pas avant ce soir, est là. Les clients suspendent leurs fourchettes et leurs conversations. J'interroge Olympe du regard, qui elle-même adresse une œillade à Simone.

— Quoi ? finis-je par demander, agacée.

— Joséphine ?

— Oui ?

— Tu as décroché ta première étoile.

REMERCIEMENTS

À Amandine Chaignot, Alessandra Montagne, Émilie Fléchaire, Laurence Gounel, qui savent que la cuisine c'est l'art d'être heureux.

À Camille Aumont Carnel, pour une interview lumineuse et qui, à l'image de Simone, éveille les consciences.

À celles (et ceux) qui n'ont pas répondu.

À Fanny Auger, Christophe Haag, Perrine Hanrot, Agnès Augé, experts des mots, des sons et de la voix, pour nos interviews confinées.

Aux femmes extraordinaires que j'ai la chance d'avoir dans ma vie, Aurélie Moulin et Julie El Ghouzzi.

À Claude-Étienne Armingaud pour son cauliflower rice.

À Alma, avec tout mon amour.

À toute l'équipe HarperCollins.

À Marie Eugène grâce à qui je peux crâner en soirée en parlant de « mon éditrice ». À ton talent et notre travail. Merci…

Composé et édité par HarperCollins France.

Achevé d'imprimer en avril 2021.

FIRMIN-DIDOT

à Mesnil-sur-l'Estrée (Eure)

Dépôt légal : mai 2021.

Pour limiter l'empreinte environnementale de ses livres, HarperCollins France s'engage à n'utiliser que du papier fabriqué à partir de bois provenant de forêts gérées durablement et de manière responsable.

Imprimé en France